D1923946

Melanie Thorn

Dedication

Von dir gezähmt

3

Impressum

Copyright © 2018 by Latos-Verlag,
Schloßstraße 25a, 39240 Calbe/Saale
Lektorat und Korrektorat: N. Braune / Latos-Verlag
Umschlaggestaltung: Grittany Design, Berlin
Bildmaterial: © Viorel Sima - Adobe Stock
Satz: Grittany Design, Berlin
Unter der Verwendung von: © Petr Babkin - Adobe Stock
© fleurdesign - VectorStock

Druck und Bindung: BOOKPRESS, Olsztyn

1. Auflage 04/2018

ISBN: 978-3-945766-59-0

www.latos-verlag.de

Melanie Thorn

Dedication

Von dir gezähmt

WildBooks

»Du bist meine zweite Chance, Baby, und niemand wird mir die nehmen – nicht einmal du.«

So hat sich Rory Hanson ihr Leben nach dem College-Abschluss nicht vorgestellt. Erst lässt ihr Freund sie sitzen und dann verliert sie seinetwegen das Haus. Alles, was ihr bleibt, ist die BIG Bar – ein beliebter Treffpunkt im Geschäftsviertel von Phoenix. Leider ist es auch die Bar, in der Jensen Mercer eine Frau nach der anderen abschleppt.

An sich ist nichts dagegen einzuwenden, aber als er wieder einmal den Flur vor ihrem Büro für einen seiner Quickies nutzt, platzt Rory der Kragen. Sie wirft diesen anmaßenden Kerl kurzerhand aus der Bar und erteilt ihm sogar Hausverbot, ohne zu ahnen, dass es niemals eine gute Idee ist, sich mit einem Mercer anzulegen. Schon gar nicht mit Jensen, der ihr deutlich zu verstehen gibt, dass er für die öffentliche Demütigung Wiedergutmachung von ihr erwartet.

Vorwort

Liebe/r Leser/in,

nach *»OBSESSION: Von dir besessen«* und *»SEDUCTION: Von dir verführt«* ist *»DEDICATION: Von dir gezähmt«* der dritte und letzte Band der Mercer-Reihe.

Falls Du die ersten beiden Teile bereits gelesen hast, herzlichen Dank, dass Du der Reihe und damit mir als Autorin die Treue gehalten hast. Das bedeutet mir sehr viel. Außerdem zeigt es mir, dass Dir die Geschichten, die ich mir ausgedacht habe, gefallen haben müssen.

Und an alle anderen Leser, die meine Bücher erst jetzt entdeckt haben: Ich wünsche Euch viel Spaß mit den Mercers. ;-)

Keine Angst, die Einzelbände der Reihe sind in sich abgeschlossene Geschichten. Ich bin nicht so der Fan von Cliffhangern und möchte sie daher auch nicht meinen Lesern zumuten.

Ich weiß, Du bist schon gespannt auf Rorys und Jensens Geschichte und willst endlich anfangen, sie zu lesen, trotzdem habe ich noch eine kleine Bitte an Dich. Wenn Du *»DEDICATION: Von dir gezähmt«* gelesen hast, würde es mich freuen, wenn Du eine Bewertung auf Amazon hinterlässt, Deinem Blog oder wo auch immer Du gerne möchtest. Das hilft mir als Autorin und auch anderen Lesern, die auf der Suche nach neuem Lesestoff sind und eine Entscheidungshilfe zu schätzen wissen.

Und noch etwas: Falls Du mich kontaktieren möchtest, findest Du mich auf Facebook und Instagram.

Facebook:
https://www.facebook.com/melanie.thorn.543
https://www.facebook.com/MelanieThornAutorin/

Instagram: https://www.instagram.com/melanie.thorn.autorin/

Hinterlasse ein »Like« auf meiner Facebook-Autorenseite oder folge mir auf Instagram, dann bleibst Du immer auf dem Laufenden und verpasst keine meiner Ankündigungen und Neuerscheinungen.

Ich freue mich auf Dein Feedback!

Alles Liebe
Deine Melanie Thorn

FÜR ALLE, DENEN DIE MERCER-GESCHWISTER GENAUSO ANS HERZ GEWACHSEN SIND WIE MIR.

KAPITEL 1

»Er ist wieder da!«

Ich drückte das Handy fester gegen mein Ohr, damit ich Chad über das Stimmenwirrwarr, dem Geschirr- und Gläserklirren hinweg verstand. Mein Blick richtete sich auf die Wand vor mir, die ich in frischem Grün gestrichen hatte. Grasgrün mit vereinzelten weißen, roten und violetten Farbtupfern, die irgendwann als Wildblumen erkennbar sein sollten. Haargenau wie jene, die vor dem Fenster meines Zimmers im Haus meiner Großeltern gestanden hatten.

Aber dafür musste ich mit dem Wandbild erst fertig werden. Im Augenblick, ohne die herausgearbeiteten Konturen, sah alles noch ziemlich verschwommen aus und schürte das Heimweh nach den vertrauten vier Wänden. Doch alles war besser, selbst ein unfertiges

Wandbild, als auf eine kahle Wand starren zu müssen. Denn mein Büro ähnelte einem fensterlosen Bunker. Genauso trist, genauso erdrückend – mit einer Tür, ein paar Luftschächten, die für Frischluft sorgten, in der Mitte ein Schreibtisch, davor ein Sofa und drum herum jede Menge Kartons, in denen mein früheres Leben steckte.

»Hörst du mich, Rory?«, hakte Chad nach und ich riss meinen Blick von der halbfertig bemalten Wand los, hinter der sich die Küche der *BIG Bar* befand.

Die *BIG Bar* war ein winziges, aber sehr beliebtes Lokal mitten im Geschäftsviertel von North Phoenix, das seinen Namen ausschließlich wegen der großen Portionen bekommen hatte, die den Gästen hier serviert wurden. Die Bar, die seit vier Monaten mir gehörte. Und aus eben deren Küche rief mich Chad mit vor Aufregung atemloser Stimme an. »Er ist wieder da!«

»Wer ist wieder da?«, wollte ich wissen. Der Schimmel in der Männertoilette konnte zum Beispiel wieder da sein, eine widerliche Angelegenheit, die mich fast 1000 Dollar gekostet hatte, damit ich sie loswurde. Oder, wer hoffentlich nicht wieder da war: Matt Baker. Ehemaliger Besitzer der *BIG Bar* und mein Exfreund. Der mieseste aller Exfreunde und das beste Beispiel dafür, dass aus Zuneigung sehr schnell etwas Hässliches werden konnte. In meinem Fall: Abscheu, Enttäuschung, Frustration.

Lieber nahm ich es mit kopfgroßen Schimmelflecken im Männerklo auf, als mich mit Matt herumschlagen zu müssen. Aber so aufgeregt, wie Chad klang, bestand nur eine sehr geringe Chance, dass der Schimmel das Rennen machen würde.

»Ich komme nach vorn«, sagte ich mit einem resignierten Seufzen und stand von meinem Sessel auf. Vorsichtig schob ich mich an einer Kartonpyramide vorbei, in der sich eine riesige Sammlung mit Modellautos befand, die meinem Großvater gehört hatte und die ich schätzen lassen wollte, bevor ich sie auf diversen Plattformen zum Kauf anbot. Zwar zerriss es mir schier das Herz, aber ich konnte nicht alles behalten, was meine Großeltern mir vererbt hatten. Wenn ich aus diesem Bunker wieder herauswollte, musste ich einen Großteil davon zu Geld machen. »Lass ihn auf keinen Fall hinter den Tresen oder in die Nähe der Kasse. Er hat schon mehr als genug Schaden angerichtet.«

»Nein, nein! Nicht nach vorn kommen.« Chad klang fast schon hysterisch. Seine Stimmlage war gleich um mehrere Oktaven geklettert und zu einem sehr unmännlichen Quietschen geworden, bei dem sich die Härchen auf meinen Armen senkrecht aufstellten. »Hast du die Kameras etwa nicht an? Verdammt, Rory, wir waren uns doch einig, dass du sie immer anlässt.«

Ja, das waren wir. Auch wenn ich es für etwas übertrieben hielt, den Flur vor meinem Büro mit Kameras zu überwachen. Hier hinten gab es nur das Büro, zwei Lagerräume, die Mitarbeitertoiletten, ein winziges Bad mit Dusche und den Notausgang, also eigentlich nichts, das für eventuelle Einbrecher interessant sein könnte. Es sei denn, sie wollten ihren Konservenvorrat aufstocken oder brauchten Toilettenpapier in rauen Mengen. Größere Bargeldreserven würden sie hier nicht finden. Im Safe lagen maximal 200 Dollar Wechselgeld, denn die Tageseinnahmen deponierte ich täglich im Nachttresor der Bank.

»Du bist so süß, wenn du dir Sorgen um mich machst«, zog ich Chad auf und schlängelte mich erneut an der Kartonpyramide vorbei, zurück zu meinem Schreibtisch. Dann schaltete ich das Kamera-Sicherheitssystem und den Monitor an.

»Ich muss mir Sorgen machen, egal, ob es darum geht, dass hier irgendein Idiot einsteigt, dich bis auf den letzten Penny beklaut, die Einrichtung demoliert und dich damit in den Ruin treibt. Oder es könnte dich auch jemand verklagen, weil er angeblich über eine lockere Fliese gestolpert ist. Ein Rechtsstreit würde dich genauso ruinieren. Ohne dich keine *BIG Bar* und ohne *BIG Bar* kein Job für mich. Also die Kameras rund um die Uhr anlassen, damit du zu jeder Zeit Beweise hast und dir niemals jemand ans Bein pissen kann.«

»Ich hab es verstanden, trotzdem bin ich enttäuscht. Du handelst gar nicht so uneigennützig, wie ich immer dachte, sondern sorgst dich viel weniger um mich als um deinen Job.« Ich verließ die Miniaturansicht und klickte mich von Kamera zu Kamera.

Die Bar war hervorragend besucht, Mae und Carly, zwei Studentinnen, die mehrmals die Woche aushalfen, huschten freundlich lächelnd zwischen den Tischen hindurch und bedienten die Gäste, während Will hinter dem Bartresen im Akkord Drinks mixte.

Erleichtert stellte ich fest, dass von meinem Exfreund nichts zu sehen war. Ich hatte keine Angst vor ihm, nur war ich mir nicht sicher, wie ich auf ihn reagieren würde, wenn ich ihm wieder gegenüberstand. Weil ich ihn dieses Mal vielleicht nicht nur wie gelähmt anstarren würde, sondern die Wut auf ihn, wegen dem, was er getan hatte, ungezügelt aus mir hervorbrach.

»Und? Was siehst du?«

»Ich sehe, dass du lieber Will hinter der Bar helfen solltest, anstatt mit mir Ratespielchen zu spielen. Dem armen Kerl läuft der Schweiß in Strömen übers Gesicht, und ich habe keine Lust auf Beschwerden über verwässerte Drinks.« Ich klickte mich weiter zur Kamera in der Küche und lachte, als Chad sich umdrehte und mir über die Kamera den Mittelfinger zeigte. »Du bist ein böser Junge, Chadwick Stone.«

»Ich bin lange nicht so böse wie der Typ, der sich in diesem Augenblick mit einer platinblonden Sexbombe vor deiner Tür das Hirn rausvögelt.«

»Was?« Hastig klickte ich mich zur letzten Kamera durch und stöhnte frustriert auf. Chad hatte recht, er war wieder da.

Jensen Mercer.

Der Mann, den ich in den letzten Monaten einige Male über die Kamera beim Sex vor meinem Büro beobachtet hatte – als gäbe es keine anderen Plätze, an denen man einen Quickie haben konnte –, und das niemals mit ein- und derselben Frau. Er stand offenbar nicht auf einen bestimmten Frauentyp, sondern nahm alles mit, was weiblich war, sich ihm entweder an den Hals warf oder nicht schnell genug die Flucht ergreifen konnte. Wobei Darla, die er gerade gegen die Wand gegenüber meiner Tür fickte, zur ersten Sorte Frau gehörte.

Wäre sie eine Professionelle, hätte ich sie längst rausgeworfen, denn ich konnte es mir nicht leisten, dass die Bar ins Visier der Polizei geriet, weil sie als Treffpunkt für Prostituierte galt und dadurch einen zweifelhaften Ruf bekam. Aber Darla war keine Professionelle. Sie arbeitete am Empfang eines Softwareherstellers und war einfach nur auf der Suche nach einem reichen Kerl, der für ein paar Wochen oder Monate ihren kostspieligen Lebensstil finanzierte. Und wann immer sie einen Mann satthatte, oder der Mann sie, tauchte sie früher oder später auch in meiner Bar auf, auf der Jagd nach ihrem nächsten »Opfer«.

Mein Blick saugte sich am Monitor fest, an Jensen Mercer, dem die Hose in den Kniekehlen hing und der mit seinen straffen Arschbacken wahrscheinlich noch aus Kieselsteinen Wasser herauspressen konnte. Ein sehnsüchtiges Ziehen senkte sich in meinen Unterleib, während ich die beiden beobachtete und zusah, wie er sein Becken in einem aggressiven Rhythmus bewegte, sich hart zwischen Darlas Schenkel stieß, die sich mit Armen und Beinen an ihm festklammerte.

Sie küssten sich nicht, tauschten keinerlei Zärtlichkeiten aus. Sie schienen einander nicht einmal richtig bewusst zu sein, sondern hatten nur schnellen, rohen Sex im spärlich beleuchteten Flur meiner Bar.

Gott, es war Wochen her – und damit viel zu lange –, dass *ich* Sex gehabt hatte. Tabulosen, markerschütternden Sex mit einem Mann, der mir dreckiges Zeug ins Ohr flüsterte und mich damit noch heißer machte. Nicht nur mit »King«, der zwar eine stufenlos verstellbare Vibrations-Funktion besaß, dabei aber lediglich ein monotones Surren von sich gab, und der in diesem Augenblick in einer Box unter meiner Schlafcouch auf seinen Einsatz wartete.

Ob ich wollte oder nicht, ich musste mir eingestehen, dass ich Darla beneidete. Nicht unbedingt um Jensen Mercer, denn er war genau genommen nicht mehr als eine männliche Hure, sondern um den hautnahen, realen Sex, den ich mir sehnsüchtig wünschte, aber den nicht ich, sondern sie gerade hatte, auch wenn der einzig und allein nur zur schnellen Befriedigung diente.

»Bist du noch dran, Rory?«, wollte Chad wissen und ich zuckte zusammen. Ich war so in Gedanken versunken gewesen, dass ich ihn vollkommen vergessen hatte.

»Ja, ich bin noch dran.«

»Jetzt sag nicht, du besorgst es dir gerade, während du den beiden zusiehst?«

»Wärst du nicht mein Freund, würde ich dich auf der Stelle feuern«, knurrte ich in mein Handy.

»Also nein.« Er lachte. »Hat er einen so knackigen Arsch, wie es in den eng anliegenden Hosen aussieht?«

»Ja, den hat er.« Um die Frage beantworten zu können, brauchte ich nicht einmal auf den Monitor schauen, schließlich hatte ich diesen Teil seines Körpers schon mehr als einmal nackt gesehen. Gut und gerne ein halbes dutzend Mal. Mindestens. Ich tat es trotzdem, beobachtete, wie die Muskeln an seinem Hintern und an seinen Oberschenkeln bei jedem seiner Stöße arbeiteten, sich unter seiner Haut bewegten, als führten sie ein Eigenleben.

»Ich wusste es!«

Chad geriet ins Schwärmen über Sex mit Männern mit Knackärschen, die es seiner Meinung nach nur deswegen gab, damit man ihnen ein paar ordentliche Schläge versetzen konnte. Dann verglich er knackige Ärsche von Männern mit üppigen Brüsten von Frauen und überlegte laut, dass er sich wahrscheinlich niemals würde entscheiden können, was von beidem er besser fand. Ich verdrehte die Augen gen Decke und schüttelte den Kopf, dann zoomte ich mit der Kamera etwas näher an das Paar heran.

»Machst du für mich eine Kopie von der Aufnahme? Ich wäre dir auf Ewig dankbar. Ich will ihn für meine Sammlung. Ein Kerl wie der fehlt mir noch.«

Redeten wir gerade wirklich über die Pornosammlung

meines besten Freundes? Ich mochte Chad wie einen Bruder und ich vertraute ihm wie keinem anderen Menschen, weil wir uns seit Jahren kannten. Seit dem Tag, als er vor mehr als zehn Jahren mit seinen Eltern in das Haus neben dem gezogen war, in dem ich mit meinen Großeltern lebte.

Er war immer für mich da. Er hatte mich lachen, aber auch am Boden gesehen, verheult und verzweifelt, und er war derjenige gewesen, der mir aufgeholfen hatte. Doch egal wie eng meine Freundschaft mit Chad auch war, von seiner privaten Pornosammlung wollte ich trotzdem nichts wissen. Denn ich wollte ihn mir nicht als geifernden Kerl vorstellen, der es sich im Sessel sitzend mit der Hand am Schwanz, den Blick starr auf den Fernseher gerichtet und einer Box Taschentücher neben sich selbst besorgte.

»Vergiss es! Ich werde ganz sicher keine Sexfilmchen von Jensen Mercer verbreiten.« Ich machte ein Standbild und druckte es zweimal aus, dann nahm ich eine Kopie aus der Druckerablage und stand auf. »Der Typ verklagt mich sonst bis zum Sankt-Nimmerleinstag. So etwas war es doch, das du meintest, als du gesagt hast, ich kann mir keinen Rechtsstreit leisten, oder?«

»Ja«, brummelte Chad unzufrieden. »So etwas in der Art.«

Ich ging zur Dartscheibe, die neben der Tür an der Wand hing, und befestigte das Bild von Jensen und Darla daran. Dann nahm ich einen schwarzen Marker vom Tisch, zog einen Kreis um Jensens nackten Arsch und schrieb eine 100 daneben. Ich malte noch zwei weitere, deutlich größere Kreise auf das Papier, wies ihnen 50 und 25 Punkte zu, ehe ich mich wieder hinter den Schreibtisch setzte.

»Wie wäre es mit einer kleinen Entschädigung? Dafür, dass du die Liveshow gerade verpasst. Sowie die Bar schließt, spielen wir eine Runde Dart.«

»Dart? Soll das ein Witz sein?«, maulte Chad. »Wie langweilig.«

Ich sah mit einem breiten Grinsen zur Dartscheibe. Mit diesem Ziel vor Augen würde Chad garantiert zur Hochform auflaufen und ich gegen ihn verlieren. »Ich verspreche dir, es wird garantiert nicht langweilig.«

Ergeben seufzte Chad auf. »Wenn du das sagst. Die Drinks gehen aber aufs Haus.«

»Natürlich. Was hast du denn gedacht?«

Das liebte ich so an ihm. Er mochte hin und wieder etwas zickig sein und einen eigenwilligen Charakter haben, aber ansonsten war er ein sehr loyaler, umgänglicher Freund.

»Und jetzt ab mit dir hinter die Bar«, bestimmte ich. »Will braucht Hilfe und ich muss mich um die Buchhaltung kümmern.«

Ich beendete das Gespräch, legte das Handy auf den Tisch und sah zum Monitor, der noch immer die Bilder der Kamera aus dem Flur übertrug. Den Höhepunkt hatte ich offensichtlich verpasst, denn sie richteten gerade ihre Kleidung. Ein sanftes Lächeln auf den Lippen trat Darla näher an Jensen heran und schmiegte sich an ihn. Doch er schob sie grob von sich weg, schüttelte den Kopf und wandte sich ab.

Als ich seinen Gesichtsausdruck sah, sah ich plötzlich Matt vor mir, wie er mich vor etwas mehr als vier Monaten genauso voller Abscheu gemustert hatte, kurz nachdem wir Sex gehabt hatten und bevor er mir sagte, dass es zwischen uns aus war. Ich fühlte mich damals überrumpelt und ebenso vor den Kopf gestoßen, wie Darla sich in diesem Augenblick fühlen musste – dreckig, benutzt und weggeworfen wie ein Stück Abfall.

Ich beobachtete sie, wie sie sich eine Haarsträhne aus dem Gesicht strich und Jensen verunsichert hinterher sah, der ihr jedoch keine weitere Beachtung schenkte und durch die Tür zurück in den Gastraum verschwand. Sie war es offenbar nicht gewohnt, so harsch zurückgewiesen zu werden. Sekunden verstrichen, bis sie ihre Schultern straffte und Jensen langsam folgte. Ihre Miene war zu einer traurigen Maske erstarrt, auf der ihr tapferes Lächeln grotesk wirkte. Ein eindeutiges Indiz dafür, dass er sie mit seinem Verhalten verletzt hatte.

Egal, aus welchen Gründen sie sich ihre Männer aussuchte, wie sie es tat, Darla hatte zumindest etwas Respekt verdient. Aber offensichtlich nicht in Jensen Mercers Augen.

»Was für ein mieses Arschloch«, knurrte ich. »Erst vögeln und sie dann wie den letzten Dreck behandeln.«

Ich schaltete den Monitor ab und stand auf, während sich brennende Wut in meinem Inneren ausbreitete wie ein außer Kontrolle geratener Virus. Sein angewiderter Gesichtsausdruck wollte einfach nicht aus meinem Kopf verschwinden und das wiederum widerte mich an. Es wurde Zeit, dass ich mich endlich um dieses leidige Jensen Mercer-Problem kümmerte.

Ich drückte die Tür zum Gastraum auf und die unterschiedlichsten Geräusche und Gerüche stürmten auf mich ein, vor denen ich in meinem Büro wie in einer schützenden Blase abgeschirmt gewesen war. Das undeutliche Murmeln von unzähligen Gesprächen, Gelächter und vereinzelten Rufen nach einer Bedienung wurde von Gläserklirren und leiser Musik untermalt, die aus den strategisch platzierten Boxen rieselte. Später, wenn die Bar nicht mehr ganz so voll sein würde, würde ich sogar das harte Klacken der aufeinanderprallenden Kugeln aus dem angrenzenden Raum hören können, in dem die Billardtische standen.

Der Geruch nach schwerem Parfum und verbrauchter Luft stieg mir in die Nase. Vielleicht waren es auch dutzende leichte Düfte, die sich alle überlagerten und sich zusätzlich mit dem Geruch nach Schweiß, Alkohol und einem Hauch Politur, mit der die Tische abgerieben worden waren, vermischten.

»Was machst du denn hier?« Chad öffnete innerhalb eines Wimpernschlags vier Flaschen Bier und stellte sie neben sechs bunten Cocktails auf Carlys Tablett ab, die trotz der drückenden Wärme in der Bar wie ein frischer Frühlingsmorgen wirkte. Sie strahlte mich an, nahm das Tablett auf und verschwand mit schwarzen, auf und ab hüpfenden Korkenzieherlocken in der Menge.

Chad wandte sich mit gerunzelter Stirn zu mir um. Seine schulterlangen dunkelblonden Haare hatte er im Nacken zusammengenommen, damit sie ihm bei der Arbeit nicht ständig ins Gesicht fielen. Wie alle Mitarbeiter trug auch er ein schwarzes T-Shirt mit einem BIG BAR-Aufdruck auf dem Rücken. »Hattest du nicht gesagt, du willst dich um die Buchhaltung kümmern?«

»Es ist wichtiger, dass ich euch hier vorne unterstütze, wenn der Laden so brummt wie im Augenblick, als mich durch den Papierkram zu wühlen.« Ich schob mich an Chad vorbei und weiter zu Will, der aussah, als könnte er eine Pause gebrauchen. Nach mehreren Stunden ununterbrochen hinter dem Bartresen wirkte sein Gesicht abgespannt. »Ich löse dich gleich ab, damit du eine Pause machen kannst. Lass dir dann in der Küche etwas zu essen und einen Kaffee geben. Du musst schließlich noch zwei, drei Stunden durchhalten.«

»Hast du heute nicht deinen freien Tag?« Will wischte

mit einem Lappen energisch über den glänzenden Bartresen.

»Eigentlich schon …« Wenn man die Buchhaltung nicht mitrechnete.

»Aha, eigentlich. Ich brauche ganz sicher keine Pause.« Will reagierte immer etwas ruppig, wenn er das Gefühl hatte, dass sein Alter in irgendeiner Weise ein Problem darstellte. Er war fast 60, und wären da nicht seine grauen Haare und die unzähligen Lachfältchen im Augenbereich, man würde ihm sein Alter kaum anmerken, weil er sich hinter der Bar genauso flink bewegte und Drinks mixte wie Chad oder ich.

»Solange heute Hochbetrieb herrscht, werde ich aushelfen, damit jeder von euch eine Pause zum Durchatmen bekommt. Du bist nur der Erste, den ich in die Pause schicken werde, Will, also sei nicht so eine verdammte Zicke wie Chad.«

»Der Junge hasst es, wenn man ihn als Zicke bezeichnet.« Will füllte leere Schälchen mit Nüssen auf, stellte sie auf dem Tresen ab und sah mich von der Seite her an. Ein Lächeln spielte um seine Mundwinkel. Er hatte offenbar verstanden. »Und ich auch.«

»Dann benehmt euch nicht wie welche.«

Ich sah mich in der Bar um. Einerseits hoffte ich, Jensen wäre bereits gegangen. Andererseits wusste ich, dass das längst überfällige Gespräch, oder eher die Auseinandersetzung, mit ihm damit nur aufgeschoben werden würde.

Mein Blick blieb an Jensen hängen, der an einem Tisch in einer Nische saß und sich völlig ungezwungen verhielt. Er rieb sich über das Kinn, das wie seine Wangen von einem Zehn-Tage-Bart bedeckt war, nickte lächelnd und unterhielt sich mit dem Mann, der ihm gegenüber saß, den ich jedoch nur seitlich von hinten sehen konnte. Nichts wies darauf hin, dass er es nur Minuten zuvor hemmungslos mit Darla getrieben hatte. Die Frau, die ihm trotz der harschen Zurückweisung über drei Tische hinweg schmachtende Blicke zuwarf, die er jedoch ignorierte, als würde er sie nicht einmal kennen.

Ich riss mich von seinem Anblick los, legte eine Hand auf Wills Unterarm und lächelte ihn an. »Bin gleich zurück, dann löse ich dich ab, okay?«

»Okay, Boss.«

Ich schlüpfte hinter dem Bartresen hervor und schlängelte mich durch die Menge, bis ich vor seinem Tisch stand. Nicht Jensen, sondern sein Begleiter sah mich zuerst an und der war selbst im Sitzen ungewöhnlich groß. In seinen braunen Augen stand ein arroganter Ausdruck, den ich bei Männern wie den beiden vor mir schon häufig bemerkt hatte. Irgendwie distanziert, als glaubten sie, sie wären unantastbar und jedem ihrer Mitmenschen überlegen. Inklusive mir. »Wir bekommen schon, Miss.«

»Ich bin nicht hier, um Ihre Bestellung aufzunehmen, sondern würde gerne mit Ihrem Freund hier …«, ich wies mit dem Kopf auf Jensen, »... kurz unter vier Augen sprechen.«

Jensen lehnte sich lässig zurück und verschränkte die Arme vor seiner Brust, sodass das hellblaue Hemd an seinen Schultern ein wenig spannte. Dann legte er den Kopf schief, taxierte mich von oben bis unten. Sein dunkler Blick blieb viel zu lange an meinem Busen hängen, über dem das T-Shirt besonders eng anlag, um noch als neugierige Musterung durchzugehen, dann sah er auf und lächelte mich herausfordernd an. »Worüber wollen Sie denn mit mir reden, kleine Miss?«

Kleine Miss?

Ja, ich war »nur« 1,64 m groß, was in seinen Augen winzig sein musste, in den Augen aller anderen aber nur ein klein wenig unter dem Durchschnitt lag. Ungeschminkt und meine karamellblonden Haare zu einem Pferdeschwanz zusammengenommen, sah ich jünger aus, als ich mit 25 Jahren tatsächlich war. Trotzdem ... *Kleine Miss?*

Ich biss die Zähne zusammen und ermahnte mich, ruhig zu bleiben. Nicht er befand sich hier in der besseren Position, auch wenn er fest davon überzeugt war, sondern ich. Ich zwang mich zu einem Lächeln, freundlich und dennoch unverbindlich.

»Das würde ich Ihnen gerne unter vier Augen und nicht vor Publikum sagen. Denn es könnte sonst peinlich werden und das möchte ich gerne vermeiden.«

»Und wenn ich darauf bestehe, es genau hier von Ihnen zu erfahren?« Er sah sich in der Nische um. Auf den Tisch, zum Kartenständer in der Mitte, zu seinem Freund, der sich offensichtlich ein Lachen verkniff, dessen Mundwinkel jedoch verräterisch zuckten. »Mir gefällt es hier drin, es ist so schön gemütlich. Außerdem sitze ich erst seit ein paar Minuten und würde mich gern ein wenig ausruhen und die Atmosphäre genießen.«

Er hatte nicht den Hauch einer Ahnung, dass ich sehr genau wusste, *wovon* er sich ausruhen musste.

»Als ich sagte, es könnte peinlich werden, da meinte ich nicht für mich, Mr. Mercer, sondern für Sie.«

Sein Lächeln wurde zu einem frechen Grinsen, das in meinem Magen ein unerwünschtes Kribbeln auslöste. Ich sollte nicht in dieser Weise auf ihn reagieren, nicht nachdem ich beobachten konnte, wie er mit Darla umgegangen ist. Meinen Körper schien das nicht zu interessieren. Schnell beruhigte ich mich in Gedanken, dass es sicherlich nur die Wut – nichts anderes konnte es sein – auf diesen anmaßenden Kerl war, die dieses Kribbeln verursachte, und konzentrierte mich wieder auf Jensen.

»Ich bezweifle, dass Sie irgendetwas sagen oder tun werden, das mich auch nur ansatzweise überraschen, in eine unangenehme Situation bringen oder mir irgendwie peinlich sein könnte«, sagte er selbstsicher.

»Wie Sie wollen.« Ich zog mein Handy aus meiner Hosentasche, schaltete die Kamera an und lächelte ihn an. »Bitte recht freundlich.« Verwirrt schaute er in die Kamera und ich nahm ein Foto von ihm auf.

»Was sollte das denn?«

»Dieses Foto kommt da vorn …«, sagte ich laut genug, dass auf jeden Fall die Gäste an den umliegenden Tischen mich hören konnten, und wies über seinen Kopf hinweg Richtung Ausgang, »… an die Tür. Denn Sie haben ab sofort Hausverbot, Mr. Mercer. Sollte ich Sie erwischen, wie Sie trotzdem noch einmal durch diese Tür kommen, rufe ich die Polizei und lasse Sie notfalls gewaltsam entfernen. Die *BIG Bar* ist kein Stundenhotel. Wenn Sie irgendwelchen Frauen Ihre Dienste anbieten wollen, dann tun Sie das bitte woanders. Ich dulde hier keine Hurerei.«

Erst schliefen ihm die Gesichtszüge ein, dann fuhr er mich fassungslos an. *»Wie bitte?«*

So viel dazu, dass ihn nichts überraschen oder aus der Fassung bringen konnte. Ich wünschte, ich hätte mein Handy noch nicht wieder in meine Tasche gesteckt, denn sein entgeisterter Gesichtsausdruck schrie regelrecht danach, festgehalten zu werden. Es wieder hervorzuholen und noch ein Foto von ihm zu machen, damit würde ich mich jedoch ein klein wenig zu weit vorwagen und die ohnehin angespannte Situation zusätzlich verschärfen.

Ein dunkles Lachen zog meine Aufmerksamkeit auf sich und ich sah zu seinem Freund, der bisher kaum ein Wort gesagt und nur unsere Unterhaltung verfolgt hatte.

»Respekt. Die Kleine hat deinen derzeitigen Lebensstil kurz und knapp und absolut treffend zusammengefasst. Du bist eine Hure, jedenfalls verhältst du dich seit Monaten wie eine. Weiß der Teufel warum, aber nicht einer von uns hat es bisher gewagt, dir auf den Kopf zu zu sagen, dass du dich wie ein Trottel benimmst. Sie hat eindeutig mehr Mumm als deine ganze Sippe zusammengenommen.« Er schürzte die Lippen und zuckte dann mit den Schultern. »Inklusive mir, denn irgendwie gehöre ich ja dazu.«

»Halt die Klappe, McCallum. Diese … *Kleine* hat keine Ahnung, mit wem sie sich gerade anlegt«, knurrte Jensen, der nicht mehr locker-lässig in der Nische lümmelte, sondern sich wie ein Raubtier sprungbereit vorneigte. Sein ganzer Körper stand unter Spannung und seine braunen Augen sprühten Funken. »Denn wenn sie es wüsste …«

»… wäre es mir auch egal«, fuhr ich dazwischen und lächelte kalt. »Und nur zu Ihrer Information: *Diese Kleine* hat einen Namen, Mr. Mercer. Rory Hanson, merken Sie ihn sich. Mir gehört diese Bar und ich setze jeden vor die Tür, der sich nicht benimmt – einschließlich Sie.«

Mae näherte sich vorsichtig von der Seite und blieb abwartend neben mir stehen. Ich trat einen Schritt zurück und nickte ihr zu, als Zeichen den Männern die Drinks zu servieren. Als sie sich eilig zurückzog, bemerkte ich die angespannte Ruhe um mich herum. Die meisten Gespräche waren verstummt, zumindest jene an den Tischen in unmittelbarer Nähe, sodass mir die Hintergrundmusik plötzlich viel lauter vorkam.

Ich sah mich um und entdeckte eine Menge Augenpaare, die wie gebannt auf mich gerichtet waren und darauf warteten, was als Nächstes geschah. Beinahe wie diese sensationssüchtigen Gaffer auf den Highways, die extra langsam an einem Unfallort vorbeifuhren, um mit der Handykamera draufzuhalten, in der Hoffnung, dass sie den besten Blickwinkel auf die Opfer erhaschten oder dass sie vielleicht sogar das Glück hatten, einen explodierenden Tank zu filmen.

Ich richtete meine Aufmerksamkeit wieder auf Jensen, dessen Brustkorb sich unter heftigen Atemzügen hob und senkte. Er hatte die Lippen zusammengepresst und fixierte mich mit einem mörderischen Blick aus Augen, die so dunkel waren, dass sie beinahe wie Kohle wirkten. Obwohl er kein Wort sagte, wusste ich, dass er die Wut, die ganz dicht unter seiner Oberfläche brodelte, im Zaum hielt. Ich war mir sicher, ein winziger Funke und er würde explodieren.

»Dieser Drink geht aufs Haus. Lassen Sie ihn sich schmecken, Mr. Mercer, danach verlassen Sie bitte meine Bar.« Mit einem unverbindlichen Lächeln nickte ich den Männern zum Abschied zu, wandte mich ab und lief zurück zum Bartresen. Dabei spürte ich die ganze Zeit seinen Blick auf meinem Rücken, so intensiv, dass ich glaubte, er brannte sich durch das Shirt und versengte meine Haut.

Chad zog mich hinter dem Bartresen zur Seite, schirmte mich mit seinem Körper vor den Blicken der Gäste ab und sah mich eindringlich an. »Meinst du, das war eine gute Idee?«

»Nein, wahrscheinlich nicht. Aber diesem Kerl mussten endlich mal Grenzen gesetzt werden. Er kann nicht tun und lassen, was immer er will. Jedenfalls nicht hier.« Ich sah zur Nische, in der er mit seinem Freund gesessen hatte, die jetzt jedoch leer war. Mae räumte bereits die Gläser auf ihr Tablett und wischte den Tisch sorgfältig ab.

»Du hast absolut keine Ahnung, wen du da eben zur Schnecke gemacht und rausgeworfen hast, oder? Jensen Mercer ist nicht irgendwer, er ist die Nummer Zwei an der Spitze von *Mercer Enterprises*.«

Glaubte Chad ernsthaft, ich wusste das nicht? Schließlich bekam man in einer Bar im Geschäftsviertel genug aus den verschiedenen Büros mit, selbst wenn es meist nur Bruchstücke und Tratsch waren. Denn mit Barkeepern verhielt es sich wie mit Frisören, denen wurde immer viel mehr erzählt, als sie eigentlich wissen wollten und sollten. Und auch Jensen Mercer war in den wenigen Monaten, seit ich die Bar übernommen hatte, hin und wieder Thema unter den weiblichen Gästen gewesen, sodass ich automatisch etwas über ihn und seinen überdurchschnittlichen Frauenverschleiß aufschnappen musste.

Aber wer Jensen Mercer dort draußen war, interessierte mich nicht. Hier drinnen in der Bar, in *meinem* Hoheitsgebiet, war er ein Gast wie jeder andere, der sich wie alle an meine Regeln zu halten hatte. Und das hieß auch, er wurde von mir wie jeder andere behandelt.

Ich nahm eine frische Schürze unter dem Tresen hervor, band sie um und sagte mit einem Schulterzucken: »Dann ist er eben die Nummer Zwei bei *Mercer Enterprises*, na und? Bei mir steht er sogar auf Platz Eins – auf der Hausverbotsliste. Wenn das mal keine grandiose Steigerung ist.«

KAPITEL 2

»Miss Hanson?«

Ich schloss die Kasse, in die ich gerade das Wechselgeld für den Tag einsortiert hatte, und sah auf.

Ein Mann, dessen Körper zwar in einem Anzug steckte, der mit seinen weichen Gesichtszügen aber trotzdem jungenhaft, beinahe kindlich wirkte, steuerte mit starrem Blick auf mich zu. Akkurat frisiertes, blondes Haar, den Scheitel mit einem Lineal gezogen, dazu ein künstliches Lächeln auf den Lippen und in der Hand eine dünne Aktentasche aus edlem Leder. Alles an ihm schrie: Anwalt.

»Ja, die bin ich. Kann ich irgendetwas für Sie tun?«

»Mein Name ist Robert Morgan. Ich bin im Auftrag meines Mandanten Jensen Mercer hier …«, er sah demonstrativ über seine Schulter in Richtung Eingangstür, an der das Foto klebte, das ich von Jensen mit dem Handy gemacht hatte, »… und würde mit Ihnen gerne über dieses Bild und das von Ihnen ausgesprochene Hausverbot reden.«

»Sie wollen mit mir … *reden?*«

Kein bedrohliches Säbelrasseln, kaum dass ich meinen Namen sagte und er sicher sein konnte, dass er mit der richtigen Person sprach? Keine schriftliche Unterlassungsaufforderung, die mir postwendend unter die Nase gehalten wurde? Ich hatte nicht damit gerechnet, dass der Mercer Konzern so … handzahme Anwälte beschäftigte. Aber ich hatte auch nicht damit gerechnet, dass Jensen mir überhaupt einen Anwalt in die Bar schicken würde. Weil ich davon ausgegangen war, dass er den Vorfall schon so gut wie vergessen hatte. Na gut, vielleicht nicht unbedingt vergessen, zumindest jedoch aus seinem Gedächtnis verdrängt.

Die Schwingtür zur Küche wurde aufgedrückt und Chad kam mit zwei Tassen Kaffee heraus, von denen kleine Rauchwölkchen Richtung Decke stiegen. Er entdeckte Morgan, zählte offensichtlich eins und eins zusammen und erkannte ihn wie ich sofort als Anwalt. Vorwurfsvoll sah er mich an, als wollte er sagen: »*Was habe ich dir gesagt?*«

»Ja, genau. Ich will mit Ihnen … reden … ähm …«, geriet er unvermittelt ins Stocken, als wüsste er plötzlich nicht mehr, warum er überhaupt in die Bar gekommen war.

Wenn ich vorher nur angenommen hatte, dass Morgan wegen seines Alters noch nicht viel Erfahrung in seinem Job besitzen konnte, mit seinem Herumgestammel bestätigte er meine Vermutung. Zwar versuchte er überlegen zu wirken, indem er sich streckte, um besser auf mich herabsehen zu können, aber dabei scheiterte er kläglich. Denn er vermittelte mir nicht das Gefühl, als wäre er jemand, mit dem man rechnen müsse, jemand, der einem gefährlich werden könnte. Eher hatte ich das Gefühl, mir stand ein aufgeplusterter Gockel gegenüber, der sich selbst und seine Position etwas zu wichtig nahm.

»Ich bin hier, um Sie im Namen von Mr. Mercer aufzufordern, sein Foto von Ihrer Tür zu entfernen. Er hat Ihnen nicht erlaubt, dass Sie mit Ihrem Handy ein Foto von ihm aufnehmen und dies in der Öffentlichkeit auf diese Weise ausstellen. Er besteht auf seinem Persönlichkeitsrecht und der sofortigen Entfernung des Fotos von Ihrer Tür«, ratterte er seinen Text in einem Affenzahn herunter, von dem ich annahm, dass er ihn auswendig gelernt haben musste.

»Und das kann er mir nicht selbst sagen, sondern schickt stattdessen einen Anwalt?«

Mit einem dankbaren Lächeln nahm ich Chad eine der Tassen ab und nippte an dem starken Kaffee, der mir einen kleinen Schauer über den Körper jagte.

Eine Extraportion Koffein konnte ich gut gebrauchen, denn die letzten beiden Nächte waren kürzer als sonst ausgefallen, weil die Bar jeden Abend bis Zapfenstreich rammelvoll gewesen war. Und Chad wollte selbst nach mehrstündigen, nächtlichen Aufräummarathons nicht darauf verzichten, Dartpfeile auf Jensen Mercers nackten Hintern zu werfen.

»Er hat Wichtigeres zu tun, als sich …«, er sah sich angewidert in der Bar um, wofür ich ihn am liebsten am Kragen gepackt und mit einem Tritt vor die Tür befördert hätte, »… mit einer solchen Kleinigkeit auseinanderzusetzen.«

Ich trank noch einen Schluck Kaffee und setzte ein sanftes Lächeln auf. Hätte er mehr Erfahrung, hätte er es sofort als falsch erkannt. »Wenn dieses Foto in den Augen Ihres Mandanten eine Kleinigkeit ist, warum bemüht er Sie deswegen erst?«

»Weil Sie mit dem Ausstellen des Fotos die Persönlichkeitsrechte meines Mandanten verletzen.«

»Ja, das hatten Sie bereits gesagt.« Ich ging um den Bartresen herum, bis ich ihm gegenüberstand, dann wies ich auf einen roten Aufkleber, der ebenfalls an der Glasscheibe der Eingangstür befestigt war. »Sehen Sie den? Auf diesem Aufkleber steht für jeden deutlich sichtbar, dass dieses Lokal stellenweise von Kameras überwacht wird. Das dient der Sicherheit aller. Und wer nicht damit einverstanden ist, dass er eventuell von Kameras aufgezeichnet wird, der sollte die *BIG Bar* gar nicht erst betreten.« Ich stellte meine halbvolle Tasse auf dem Bartresen ab, hinter dem Chad im Schneckentempo Handtücher zusammenfaltete, obwohl er eigentlich die beiden Bierfässer, die hinter dem Bartresen standen, an die Zapfanlage anschließen sollte. Nur, damit er ja nichts von meinem Gespräch mit dem Rechtsanwalt verpasste. Eventuell aber auch, damit er eingreifen konnte, für den Fall, dass ich mich auf diesen glattpolierten Lackaffen werfen sollte, weil er in puncto Überheblichkeit seinem Mandanten in nichts nachstand.

»In dem Augenblick, als Ihr Mandant die Bar betreten hat, hat er meine Geschäftsbedingungen akzeptiert, meine Regeln.«

»Das tut rein gar nichts zur Sache, Miss Hanson.«

»Und ob es das tut, Mr. Morgan.« Ich bat ihn, mir ins Büro zu folgen und wusste auch ohne mich umzusehen, dass Chad uns folgte. Weil ihn seine ausgeprägte Neugier dazu trieb … und vielleicht auch ein klitzekleines bisschen sein Beschützerinstinkt.

»Ich habe Ihrem Mandanten nicht umsonst Hausverbot erteilt«, sagte ich, als ich mich an den Schreibtisch setzte und den Monitor einschaltete, auf den die Kamerabilder übertragen wurden. Dabei ignorierte ich die abschätzigen Blicke, mit denen der Anwalt sich in meinem verkramten und mit Kartons vollgestopftem Büro umsah. »In den letzten Wochen und Monaten hat Mr. Mercer immer wieder gegen meine Regeln verstoßen, denn er hat mit seiner ausgesprochen aktiven Libido die Arbeitsabläufe in meiner Bar gestört. Es war also mein gutes Recht, ihn rauszuwerfen, genauso, wie ich das

Hausverbot gegen ihn öffentlich mit einem Foto von ihm anzeigen kann«, gab ich mich selbstsicher.

Ich spulte die Aufzeichnungen zum Abend von vor zwei Tagen und ließ vor den Augen des Rechtsanwalts ein kurzes Stück von Jensens und Darlas Quickie ablaufen. Bereits diese wenigen Sekunden mussten ihm unglaublich peinlich sein, denn auf Morgans Wangen bildeten sich riesige rote Flecken. Beschämt senkte er den Blick und räusperte sich.

Ich ging auf Standbild, druckte es aus und hielt es ihm mit einem unverbindlichen Lächeln vor Augen. »Ich überlasse die Entscheidung gerne Ihnen. Sie als Anwalt von Mr. Mercer haben dafür sicher den besten Blick. Entweder es bleibt bei dem Foto, das bereits an der Tür klebt, oder dieses hier. Bildmaterial, das mit dem Einverständnis von Mr. Mercer entstanden ist, indem er meine Hausregeln und damit die Kameraüberwachung in dem Augenblick akzeptiert hat, als er die Bar betreten hat.«

»Ich … Also …« Nervös fingerte er am Knoten seiner Krawatte herum, als säße sie zu eng. Von seiner anfänglichen Selbstsicherheit, mit der er auf mich zugesteuert war, war nichts mehr übrig. Morgan richtete sich gerader auf und nickte mit verkniffener Miene. »Ich werde mit meinem Mandanten darüber reden, denke jedoch, dass … dass in diesem speziellen Fall … also … das verwendete Foto geht sicherlich in Ordnung, bis … bis diese Angelegenheit endgültig geklärt ist.«

»Ja, das denke ich auch.« Ich legte das Bild auf meinem Schreibtisch ab. »Kann ich sonst noch etwas für Sie tun, Mr. Morgan?«

»Nein. Im Augenblick nicht, nein.« Er verabschiedete sich mit einem verkrampften Lächeln, schob sich an Chad vorbei und lief mit gesenktem Kopf eilig den Flur zurück.

»Keine Ahnung, was ich von dem Auftritt des Kerls halten soll, aber das war …« Chad runzelte die Stirn, während er offenbar nach dem richtigen Wort suchte. »Ich weiß auch nicht.«

»Gruselig?«

»Wie kommst du auf gruselig?« Er kam weiter in das Büro herein, nahm den Ausdruck vom Schreibtisch und befestigte ihn an der Dartscheibe.

»Wenn so einer …«, mit dem Kopf wies ich in Richtung Flur, »… *Mercer Enterprises* rechtlich vertritt, dann finde ich es schon irgendwie gruselig, dass der Konzern überhaupt noch existiert und noch nicht von der Konkurrenz platt gemacht worden ist.«

»Auf jeden Fall war es eine hervorragende Taktik, ihn mit dem stillschweigenden Einverständnis mundtot zu machen. Damit scheint er nicht gerechnet zu haben.«

»Das war keine Taktik.«

»War es nicht?« Chad hörte auf, Kreise und Zahlen auf das Bild zu malen und nahm das Holzkästchen mit den handgemalten Rosenblüten vom Schreibtisch. Vorsichtig öffnete er es und holte einen Satz Dartpfeile heraus.

Meine Großmutter Prue hatte mir das Kästchen zu meinem 12. Geburtstag geschenkt, damit ich darin meinen Schmuck aufbewahren konnte. Nur interessierte ich mich nicht für Schmuck oder Mode und all den anderen Kram wie die anderen Mädchen. Ich beschäftigte mich nicht mit angesagten Schmink- und Frisurentrends oder wühlte mich stundenlang in der Mall durch Boutiquen. Nicht einmal Chad – ein begeisterter Powershopper – schaffte es, dass ich in Einkaufstouren etwas anderes sah als moderne Folter.

»Nein, es war keine Taktik, sondern eine Notlösung. Mir ist so schnell nichts anderes eingefallen, womit ich das Foto an der Tür rechtfertigen konnte. Ich bezweifle, dass Jensen Mercer sich nach dem öffentlichen Rauswurf hier überhaupt noch einmal blicken lassen wird, also ist das Foto eigentlich vollkommen unnötig. Aber abnehmen will ich es trotzdem nicht.«

»Und warum nicht?«, wollte Chad wissen, ohne mich anzusehen. Er zielte kurz, ließ den ersten Pfeil fliegen und verfehlte nur knapp den Kreis, den er um die beiden Pobacken gezogen hatte.

Ich hob eine Hand und zählte an meinen Fingern ab: »Weil Jensen Mercer es verdient hat, weil er ein herablassender, frauenverachtender Idiot ist, weil er mir unverschämt auf die Titten geglotzt hat …«

»Eigentlich war es sogar ein Kompliment, als er dir auf die Brüste gestarrt hat«, warf Chad ein, kniff ein Auge zu und zielte erneut auf die Dartscheibe. »Würde er sie nicht geil finden, hätte er sie nicht angestarrt. Du verstehst, was ich sagen will, oder?« Während er in der einen Hand noch immer den Dartpfeil hielt, formte er mit der anderen eine hohle Hand und deutete an, als würde er damit ein Stück Obst wiegen. Oder, um beim Thema zu bleiben, eine Brust. »Du hast tolle Möpse, genau die richtige Größe. Knackig pralle Äpfel.«

Manchmal war selbst Chad, dessen Meinung mir normalerweise sehr wichtig war, ein ausgemachter Idiot. Ich verdrehte die Augen und stieß ein resigniertes Seufzen aus, dann setzte ich meine Aufzählung fort.

»Er schert sich einen Dreck darum, wen er mit seinem Verhalten verletzt, weil Männer wie er immer mit allem durchkommen, ohne dass es Konsequenzen für sie hat, weil sie immer alles bekommen, was sie wollen. Und zu guter Letzt, der beste Grund von allen: In der Bar herrscht Dauerandrang, seit ich ihn rausgeworfen und das Foto an die Tür geklebt habe. Es kommen viel mehr von den *Mercer Enterprises* Mitarbeitern zu uns als vorher.«

»Bürotratsch verbreitet sich schneller als ein Grippevirus. Ich kann mir gut vorstellen, dass sich seine Leute mit eigenen Augen davon überzeugen müssen, dass die Geschichte mit dem Hausverbot für ihre Nummer Zwei stimmt.« Chad versenkte den Pfeil genau mittig zwischen den beiden Pohälften und stieß seine Faust in die Luft. »Yes!«

»*Chad!*«

Er legte die Pfeile zurück in das kleine Holzkästchen und ließ sich auf die dunkelgrüne Couch fallen, die vor meinem Schreibtisch stand. Seine grauen Augen funkelten übermütig, als er die Finger hinter seinem Kopf verschränkte und sagte: »Wenn dieses Foto dafür sorgt, dass dir seine Mitarbeiter die Tür einrennen und dadurch mehr Geld in die Kasse gespült wird, dann solltest du es auf gar keinen Fall abnehmen. Niemals wieder.«

KAPITEL 3

Das konnte kein Zufall sein.

Ich nahm die Sprühflasche herunter, mit der ich die Blätter der Pflanzen besprüht hatte, die das Billardzimmer wie einen tropischen Garten erscheinen ließen. Mein ganz persönlicher Rückzugsort, wenn die Bar geschlossen war. Dutzende Pflanztöpfe standen entlang der Fensterfront auf dem Boden, auf Kisten aus geöltem Holz und Treppen angeordnet. Sie waren eines der wenigen Überbleibsel meines Traums, als Landschaftsarchitektin zu arbeiten. Eines Traums, den ich zwar noch nicht vollständig begraben hatte, aber für unbestimmte Zeit auf Eis legen musste, weil ich notgedrungen Besitzerin einer Bar geworden war. Weil ich vor einer Wahl gestanden hatte, die genau genommen keine war: Entweder arbeits-, obdach- und mittellos oder die Bar meines Ex übernehmen, mir damit meinen Lebensunterhalt verdienen und ein Dach über dem Kopf haben.

Ich schob mit einer Hand die Blätter einer *Monstera* beiseite und sah mit gerunzelter Stirn durch das deckenhohe Fenster zum *Honey Touch Café* auf der gegenüberliegenden Straßenseite. Die gesamte Front bestand aus Glas, wodurch alle Tische von außen gut einsehbar waren, sogar von meiner Position aus und über die vierspurige Straße hinweg.

Das Café war nur spärlich besetzt, aber selbst wenn es das nicht wäre, könnte ich *ihn* keinesfalls übersehen. Nicht nur, weil er die meisten Menschen in seiner Umgebung überragte, sondern weil er direkt am Fenster saß.

Es war nun schon der dritte Tag in Folge – seit sein Anwalt bei mir gewesen war –, an dem ich Jensen Mercer an ein und demselben Tisch im Café entdeckte. Einen aufgeklappten Laptop vor sich, sprach er in sein Handy und nippte nebenbei an einer Tasse.

Was bezweckte er damit? Er war kein täglicher Stammgast in der *BIG Bar* gewesen, dass er durch meinen Rauswurf gezwungenermaßen auf ein anderes Lokal in der Nähe seines Firmensitzes ausweichen musste. Davon einmal abgesehen, war er niemals vormittags in der Bar gewesen, weil wir erst mittags öffneten. Und selbst wenn es so gewesen wäre, gab es sicherlich noch einige andere Ausweichmöglichkeiten, die für ihn in Frage kamen. Warum also ausgerechnet das *Honey Touch*, wo er sich wie auf dem Präsentierteller an die Fensterfront setzte, damit man – *ich* – ihn sehen musste, sobald ich aus dem Fenster sah?

Reichte es nicht, dass er sich seit fünf Tagen in meinen Gedanken breitmachte? Tagtäglich hatte ich sein Bild vor Augen, wenn ich die Tür aufschloss, um die Bar zu öffnen, oder wenn ich in meinem Büro saß, dann ertappte ich mich immer wieder dabei, wie ich den durchlöcherten Ausdruck an der Dartscheibe anstarrte. Und letzte Nacht … letzte Nacht hatte ich mich selbst befriedigt, während die Aufzeichnung von seinem Quickie mit Darla über den Monitor lief. Allein die Erinnerung daran trieb mir glühende Hitze ins Gesicht.

Ich hatte Jensen verflucht, weil er eine solche Faszination auf mich ausübte, obwohl er all das verkörperte, was ich an einem Mann verachtete. Trotzdem musste ich zugeben, er war heiß, wahnsinnig sexy sogar. Kein Wunder, dass ich körperlich auf ihn reagierte. Ich war schließlich auch nur eine Frau mit einem gesunden sexuellen Appetit, die schon seit mehreren Wochen keinen Kerl mehr zwischen ihren Schenkeln gehabt hatte. Weil ich mit meinem Auszug aus dem Haus meiner Großeltern und der Übernahme der Bar beschäftigt gewesen war, und damit, das Chaos, in dem mein Leben zu versinken drohte, zu beseitigen. Und jetzt, wo alles langsam wieder in geregelten Bahnen lief und ich nicht mehr ständig unter Stress stand, fühlte es sich an, als wäre ich auf Entzug. Ich war sexuell bedürftig.

Jensen sah von seinem Laptop auf und wandte den

Kopf, als hätte er gespürt, dass ich ihn beobachtete. Unsere Blicke trafen sich, hielten einander selbst über die Entfernung einer Straße hinweg fest.

Winzige Blitze zuckten an meinen Magenwänden entlang und zwischen meinen Schenkeln pochte es. Unmissverständlich, aber ungewollt, und ich konnte nichts dagegen tun. Seine Lippen verzogen sich zu einem Lächeln, als wüsste er ganz genau, wie sehr er mich durcheinander brachte, und würde es obendrein in vollen Zügen genießen. Ja, das traute ich ihm durchaus zu, dass es ihm eine Art perverse Genugtuung verschaffte, mich allein mit seinem Anblick zu quälen.

Ich löste mich aus seinem Bann, indem ich fast schon fluchtartig das Billardzimmer verließ. Dann holte ich Leiter, Eimer und Putzlappen aus der Abstellkammer. Ich musste ihn irgendwie aus meinem Kopf bekommen, und das schnell, bevor ich vollends den Verstand verlor.

»Wenn Sie schon dabei sind, die Fenster zu putzen, Miss Hanson, können Sie auch gleich mein Foto von Ihrer Tür entfernen«, erklang Jensens dunkle Samtstimme hinter mir und ich fuhr erschrocken herum. Wenigstens stand ich nicht mehr auf der Leiter, sonst wäre ich ihm direkt vor die Füße gefallen. Eine Position, die ihm nach meinem Rauswurf sicherlich gefallen hätte.

Eine Laptoptasche hing über seiner Schulter und er hatte beide Hände in den Hosentaschen vergraben. Stehend überragte Jensen mich um gut eine Kopflänge, sodass ich meinen Kopf in den Nacken legen musste, damit ich ihm ins Gesicht sehen konnte.

Neben ihm kam ich mir vor wie ein Winzling. Neben ihm kam sich wahrscheinlich 95 Prozent der Weltbevölkerung winzig vor. Aber es war nicht seine Größe allein, die Jensen zu einer beeindruckenden Erscheinung machte.

Er trug einen dunkelgrauen Business-Anzug – maßgeschneidert, das erkannte sogar ich als Modemuffel –, der ihm hervorragend stand und seine breiten Schultern betonte. Obwohl er auf den ersten Blick seriös wirkte, hatte Jensen dennoch etwas Raubtierhaftes an sich. Darüber konnte auch seine lässige Haltung nicht hinwegtäuschen. Als läge er auf der Lauer, immer bereit für einen schnellen Angriff. Gefährlich und unberechenbar, eine unwiderstehliche Herausforderung.

Ich würde die heutigen Tageseinnahmen darauf setzen, dass genau das der Grund dafür war, warum Frauen sich ihm in Scharen an den Hals warfen. Sie versuchten, den wilden Kerl in ihm zu zähmen und an die Leine zu legen. Aber ich ging jede Wette ein, eher ließe sich ein Wirbelsturm in Ketten legen als der Mann vor mir.

»Warum sollte ich das tun?« Ich setzte ein honigsüßes Lächeln auf und klatschte den Lappen in den Eimer, der zu meinen Füßen stand. Etwas von der trüben Brühe spritzte in Jensens Richtung und er trat hastig einen Schritt zurück. Dann tippte ich gegen die Glasscheibe, an die ich von innen das Foto geklebt hatte. »Ihr Bild macht sich richtig gut, in mehrfacher Hinsicht. Es lockt mehr Gäste an als sonst, und die zeigen sich auch noch überaus spendabel bei den Trinkgeldern.«

»Genießen Sie ruhig Ihren kleinen Sieg über mich, Rory. Aber Sie können sich sicher sein, es wird der einzige bleiben.« Sein Blick wirkte weniger von oben herab als an dem Abend, als ich ihn der Bar verwiesen hatte, stattdessen war da etwas anderes, das ich nicht richtig deuten konnte. War das Neugier? Überraschung?

»Vielleicht, vielleicht auch nicht«, erwiderte ich. »Kommt ganz darauf an, ob Sie es noch einmal auf eine Konfrontation mit mir anlegen.«

»Fordern Sie mich etwa heraus? Glauben Sie ernsthaft, Sie sind mir überlegen und kommen dadurch um eine Wiedergutmachung herum?« Er neigte den Kopf und eine dunkle Haarsträhne fiel ihm in die Stirn. In seine Augen trat ein Funkeln, das verdächtig nach Vorfreude aussah. Vorfreude worauf? »Ja. Ja, das tun Sie«, beantwortete er seine Frage selbst.

»Wiedergutmachung? Wofür?« Dafür, dass *ich* im Recht war? Das konnte er nicht ernst meinen.

»Ich gehöre nicht zu den Männern, die es einfach hinnehmen, wenn sie öffentlich gedemütigt werden.« Er nickte in Richtung Eingangstür. »Ich denke, ein ganz passabler Anfang für eine Entschädigung wäre, wenn Sie dieses Foto von mir entfernen. Am besten sofort.«

»Und ich denke, es wäre angebrachter, wenn Sie sich für Ihr Verhalten bei mir entschuldigen würden, anstatt irgendwelche schwachsinnigen Forderungen an mich zu stellen«, wies ich ihn ruhig zurecht, obwohl ich ihn viel lieber angefaucht hätte. Doch ich wollte nicht die Aufmerksamkeit der Passanten, die auf dem Bürgersteig an uns vorbeiliefen, auf uns ziehen. Zumindest nicht noch mehr Aufmerksamkeit, als wir ohnehin schon bekamen.

Zwei Anzugträger, die sich nur Sekunden zuvor im Vorbeigehen noch unterhalten hatten, hatten es plötzlich nicht mehr besonders eilig und sich keine fünf Meter entfernt neben einem Hydranten aufgestellt, von wo aus sie uns neugierig beobachteten. Scheinbar kannten sie unsere Vorgeschichte und hofften auf eine Fortsetzung, bei der sie live dabei sein wollten.

»Sie hatten in meiner Bar Sex und ich habe Sie dafür rausgeschmissen. Das ist das ganz einfache Prinzip von Ursache und Wirkung.«

Seine Kiefermuskeln zuckten, während Jensen mit unnachgiebigem Blick auf mich herabstarrte. Ich schob mein Kinn vor und starrte zurück. Genauso stur, genauso wenig bereit, auch nur einen Millimeter nachzugeben, bis seine Gesichtszüge sich langsam wieder entspannten und er hörbar ausatmete.

»Diese Frau hat mich regelrecht verfolgt, sie war schon seit einiger Zeit hinter mir her und ich habe ihr nur gegeben, was sie wollte. Wenn auch nicht alles, worauf sie es abgesehen hatte.«

Er war sich also bewusst gewesen, dass Darla hauptsächlich hinter ihm her war, weil er Geld besaß. Das rechtfertigte dennoch nicht die herabwürdigende Art und Weise, wie er mit ihr umgegangen war, dass er sie behandelt hatte wie ein Stück billiges Fleisch.

Er kannte ja nicht einmal ihren Namen. Und das, obwohl sie ihm angeblich schon eine Weile nachgestellt hatte. Müsste er ihn dann nicht kennen?

Diese Frau.

Ich fragte mich, ob er den Namen irgendeiner der Frauen kannte, mit denen er schnellen Sex in schummrigen Ecken hatte. Wie lernte er sie überhaupt kennen? Betrat er einen Raum, sah sich unter seinem ganz persönlichen Fanklub um und zeigte auf eine Frau, die ihm gefiel?

Und dann?

Schnippte er mit den Fingern und sie kam angelaufen? Oder ließ er sich zu einem Befehl im Neandertaler-Stil herab? In der Art von: »*Du. Herkommen. Will ficken.*«

»Das macht Darla zu einer Frau mit einem zweifelhaften Geschmack, was Männer angeht«, sagte ich und entlockte Jensen mit meiner Behauptung ein unzufriedenes Grummeln. »Und ihre Motivation, warum sie sich nur bestimmte Männer aussucht, mag auch nicht die beste sein. Aber das ist nun einmal ihre Lebens- oder besser Liebesphilosophie. Und die macht sie nicht unbedingt zu einem schlechten Menschen, der keinerlei Respekt verdient.«

»Aber *ich* bin in Ihren Augen ein schlechter Mensch?« Er neigte den Kopf zur Seite und kniff die Augen zu Schlitzen zusammen. »Das würde erklären, warum nur ich Hausverbot bekommen habe und sie nicht.«

»Ich habe es bei ihr bei einer Verwarnung belassen.« Das war eine faustdicke Lüge. »Weil Darla bisher noch nicht negativ aufgefallen ist.« Jedenfalls nicht, soweit ich wusste.

»Das glaube ich Ihnen nicht.« Er trat wieder näher und ich musste mich zwingen, nicht vor ihm zurückzuweichen. Sein Duft hüllte mich ein, der Geruch nach Kräuterseife mit einer ganz leichten Zitrusnote und verführerischem Mann stieg mir in die Nase und verdrängte den Geruch von Autoabgasen, der hier im Industrie- und Geschäftsviertel zu Stoßzeiten allgegenwärtig war. »Sie haben ganz speziell ein Problem mit mir. Warum?«

Ich öffnete die Tür, denn das Bedürfnis, mir mehr Raum zu verschaffen und seiner verwirrenden Nähe zu entkommen, wurde übermächtig.

»Blödsinn«, brummelte ich vor mich hin, als ich die zusammengeklappte Leiter und das Putzzeug in den Eingangsbereich stellte. Ich richtete mich wieder auf und wandte mich ihm mit einer – wie ich hoffte – nichtssagenden Miene zu. »Wie kommen Sie darauf, dass ich lüge oder ein Problem mit Ihnen habe?«

»Weil Sie …« Er folgte mir, blieb abrupt stehen und sah

nach unten. Dann knurrte er etwas Unverständliches, als er sah, dass seine Schuhspitzen ein Stück über die Schwelle ragten. »Gottverdammt, Rory, dieses Hausverbot ist so ziemlich das Dämlichste, was mir seit Langem untergekommen ist.«

»Warum? Weil Sie zur Abwechslung mal nicht Ihren Willen bekommen? Oder weil es Ihnen eine Grenze aufzwingt, die Sie nicht gewohnt sind?«

»Hier geht es nicht um Grenzen, nicht wirklich, auch wenn du dir das so zurechtlegst«, ging er unvermittelt zum Du über, offensichtlich zu aufgebracht darüber, dass ihm eine simple Türschwelle Einhalt gebot. »Du hast mich absichtlich vor diesen ganzen Leuten lächerlich gemacht. Es hätte vollkommen ausgereicht, wenn du mich ohne Schläge unter die Gürtellinie darum gebeten hättest, deine Bar zu verlassen. Ich wäre deinem Wunsch nachgekommen.«

Irgendwie bezweifelte ich das.

»Nein, hier geht es um etwas anderes«, sagte er überzeugt. »Es geht dir einzig und allein darum, *mich* zu bestrafen. Und ich würde gern wissen, wofür.«

»Blödsinn«, wiederholte ich mich, denn mir fiel nichts anderes ein. Außer ich gab zu, dass er zumindest ein klein wenig recht hatte. Seine Überheblichkeit, sein ganzes Verhalten an dem Abend, es hatte beschämende und schmerzhafte Erinnerungen an die Oberfläche getrieben, von denen ich gedacht hatte, dass ich sie tief genug in mir vergraben hatte. Und das nahm ich ihm übel.

»Kein Blödsinn. Was ist der Grund? Ist es, weil du eifersüchtig auf sie warst und gerne mit ihr Plätze getauscht hättest?«, fragte er mit einem selbstgefälligen Grinsen, das ich ihm am liebsten mit einer kräftigen Ohrfeige aus dem Gesicht wischen wollte. »Dann hättest du dir etwas mehr Mühe geben sollen, um meine Aufmerksamkeit auf dich zu ziehen.«

Womit er was sagen wollte? Dass ich zwar einigermaßen hübsch aber nicht umwerfend schön war? Dass ich mit Frauen wie Darla nicht mithalten konnte? Weil ich trotz annehmbar großer Brüste keine dieser aufgetakelten Sexbomben war, die wie Magneten die Blicke aller Männer auf sich zogen. Das wusste ich bereits. Trotzdem ließ es den Schmerz und die Wut hochkochen – so wie es an dem Abend seines Rauswurfs geschehen war –, weil ich mir von meinem Ex ganz ähnliche Dinge anhören musste, als er mich abserviert hatte.

Zu farblos.

Zu langweilig.

Nicht sexy genug.

Zusammengefasst: Er fühlte sich von mir nicht angemacht.

Es hatte etwas gebraucht, bis ich herausfand, dass er meine angeblich fehlenden Qualitäten als Ausrede benutzte. Seine Worte hatten mich damals dennoch verletzt und – zumindest für eine Weile – stark verunsichert.

»Du nimmst dich zu wichtig.« Ich lächelte kalt, auch wenn ich innerlich kochte. »Es macht dich nicht zu etwas Besonderem, nur weil du einen Penis zwischen den Beinen hast. Den haben andere Männer auch, und von denen lerne ich jeden Tag mehr als genug in der Bar kennen. Ich kann mich also nicht über zu wenig Sex oder fehlende Abwechslung beschweren.«

Ich widerstand dem Drang, zum Himmel zu schauen. Denn ich erwartete beinahe, dass meine Großmutter Prue höchstpersönlich für eine solch übertrieben dreiste Lüge einen Blitz auf mich warf und mich damit erschlug. Ja, ich hatte schon mit einigen Männern Sex, aber ganz sicher nicht im täglichen Wechsel.

»Ist das so?« Jensen musterte mich mit einem unergründlichen Blick, als wüsste er nicht genau, in welche Schublade er mich stecken sollte. Oder als würde er überlegen, was er mit mir anfangen sollte. Als wäre er auf der Suche nach etwas, von dem ich mir aber nicht vorstellen konnte, was es sein könnte. Dann sah er mir wieder in die Augen und dieses Mal stand unverhohlenes Begehren in seinem Blick. »Tja, dann würde ich sagen: Pech für dich, dass du in nächster Zeit auf Abwechslung verzichten musst. Denn so lange du mich entschädigst, wirst du keinen dieser anderen Kerle in dein Bett lassen.«

»Du bist doch verrückt.« Das musste er sein, denn kein Mann konnte sich davon angemacht fühlen, wenn eine Frau ihm mehr oder weniger entgegenspuckte, dass sie täglich mit einem anderen Kerl ins Bett stieg. Vollkommen egal, ob es nun stimmte oder nicht.

»Gut möglich. Das ändert aber auch nichts daran, dass ich mir von dir die Genugtuung holen werde, die mir zusteht, Sweety. Und mittlerweile habe ich sehr genaue Vorstellungen davon, wie sie aussehen wird.« Er neigte sich ein Stück zu mir herab und sein Blick brannte sich in meinen, dass ich glaubte, ich würde jeden Augenblick in Flammen aufgehen. »Ich werde jede einzelne Sekunde davon genießen, wenn ich dich störrische, kleine Kratzbürste unter mir habe. Ich werde dich so lange vögeln, bis du keinen klaren Gedanken mehr fassen kannst.« Mit einem Raubtierlächeln richtete er sich wieder auf und schob den Trageriemen der Laptoptasche auf seiner Schulter zurecht. »Ich hole dich hier um 19:00 Uhr ab, sorg dafür, dass einer deiner Angestellten die Bar übernimmt. Magst du Italienisch?«

»Was?« Verwirrt blinzelte ich zu ihm auf. Hatte er mir gerade *befohlen*, mit ihm auszugehen? Nur Sekunden, nachdem er mir *angedroht* hatte, dass er mir den Verstand rausvögeln wollte? »Nein, ganz bestimmt nicht.«

»Du magst kein Italienisch? Wie wäre es dann mit Indisch?«

»Ich liebe gutes italienisches Essen, aber nein, ich werde nicht mit dir ausgehen. Nicht heute, nicht morgen. Niemals.«

»Du hast nicht vor, es mir leicht zu machen, oder?«

»Warum sollte ich?«

»Zumindest bist du dieses Mal ehrlich.« Seine Gesichtszüge entspannten sich und Jensen wirkte viel gelöster als noch ein paar Minuten zuvor. Obwohl es dafür keinen Grund gab, denn ich hatte ihm eine sehr deutliche Abfuhr erteilt. »Wir sehen uns, Shortie, und zwar sehr bald«, sagte er mit einem frechen Zwinkern, wandte sich ab und ging davon.

Hatte er mir nicht zugehört? Ich hatte laut und deutlich Nein gesagt. Und … Moment mal! *Shortie?*

Ich riss die Tür weiter auf und trat zurück auf den Bürgersteig.

»Ich heiße nicht Shortie!«, rief ich ihm hinterher und hörte ihn lachen. Aber er blieb nicht stehen und drehte sich auch nicht um. Mit zusammengepressten Lippen sah ich ihm nach, bis er quer über einen schmalen Rasenstreifen lief und auf den Parkplatz von *Mercer Enterprises* trat.

Das lief ganz und gar nicht so, wie ich gedacht hatte, denn ich hatte Jensen Mercer nur sehr kurzfristig in die Schranken gewiesen. Stattdessen hatte er den Fehdehandschuh, den ich ihm aus Zorn und Frust hingeworfen hatte, so enthusiastisch aufgenommen, als hätte er nur auf eine solche Gelegenheit gewartet.

Ich wandte mich um und betrachtete sein Foto an meiner Tür. Ich hätte es niemals aufhängen sollen. Doch jetzt konnte ich es auch nicht mehr abnehmen, denn damit würde ich meine Niederlage eingestehen. Ich würde eingestehen, dass Jensen mir überlegen und er als Sieger aus dem Ring gestiegen war, dass ich zu feige gewesen war und mich ihm nicht gestellt hatte.

Aber ich war kein Feigling.

Eventuell war es wirklich ein Fehler gewesen, mich mit ihm anzulegen. Es grenzte an Wahnsinn, zu glauben, dass ich unversehrt aus dieser Sache wieder herauskommen würde. Nicht, weil Jensen war, wer er war und er meine Existenz mit einem Fingerschnippen vernichten konnte – oder das, was davon übrig war –, sondern weil er unter Umständen *mir* gefährlich werden konnte.

Mit einem abgrundtiefen Seufzen schloss ich die Tür, strich mit den Fingerspitzen über die Klebestreifen, die das Foto an der Glasscheibe hielten, und drückte eine lose Ecke fest.

Ich war wahnsinnig.

KAPITEL 4

»Wenn wieder ein Chor angestimmt wird, dass ich mich ausziehen soll, verschwinde ich in die Küche und komme erst wieder raus, wenn sie alle verschwunden sind und die Luft rein ist. Mir doch egal, wenn sie dir dafür die Hölle heiß machen.« Chad bedachte mich mit einem mürrischen Blick von der Seite und stellte zwei Kisten mit glänzend polierten Gläsern auf den Tresen. »Du solltest dir überlegen, ob du überhaupt noch Junggesellinnen-Abschiedspartys annimmst. Auf den letzten beiden hatten die … *Ladies* ihre Hände jedenfalls nicht unter Kontrolle. Keine Ahnung, wie oft die mir auf den Arsch geschlagen und hineingekniffen haben. Ich brauche nur dran denken und meine Kehrseite pocht wie verrückt.«

Mir entschlüpfte ein Kichern. »Du wärst ein miserabler Callboy. Die müssen auch hin und wieder mal mit dem

Hintern für ein paar ordentliche Hiebe herhalten. Ich dachte, du stehst drauf, einen Klapps auf den Hintern zu kriegen?«

»Beim Sex, ja. Von *einem* Mann oder *einer* Frau, meinetwegen auch zwei«, räumte er ein. »Aber nicht von einer Horde wildgewordener, quietschender Hyänen, die sich nach ein paar Cocktails hemmungslos auf mich stürzen wie auf einen Ausverkauf bei *Macy's* und ihre Hände überall haben.«

Vorsichtig nahm ich die ersten Gläser aus einer der Kisten und sortierte sie in die verspiegelten Regale hinter der Bar ein. In der Küche warteten noch Unmengen an Cocktailgläsern, weil schon jetzt feststand, dass während der Junggesellinnen-Abschiedsparty kaum etwas anderes als Cocktails über den Tresen gehen würden.

»Keine Sorge, dieses Mal habe ich Stripper besorgt, denen sie an die Wäsche gehen können.« Ich runzelte die Stirn und sah über meine Schulter zu Chad, der den Alkoholvorrat kontrollierte und sich auf einem Zettel auf einem Klemmbrett Notizen machte. »Aber wenn die zwei Stripper nicht reichen, würdest du dann eventuell …?«

»Sprich es nicht aus, Rory, denk nicht mal dran!«, knurrte er und zeigte mit dem Kugelschreiber auf mich, als wolle er mich damit aufspießen. »Sonst waren wir die längste Zeit Freunde.«

Ich verbiss mir ein Lachen und räumte weiter Gläser in die Regale. Chad mochte kein Fan von Junggesellinnen-

Partys sein, aber ich hatte kein Problem damit. Hauptsächlich, weil diese Partys, die aus Büros, die zu wenig Platz boten, zu uns in die Bar verlegt wurden, sich meistens schon nach wenigen Stunden wieder auflösten, sodass wir alle früher als sonst Feierabend machen konnten.

Das Telefon klingelte, Chad schob sich an mir vorbei zur Station und nahm den Anruf entgegen. Als er sich zu mir umdrehte und mich mit hochgezogenen Augenbrauen ansah, wusste ich, wer am anderen Ende der Leitung war, ohne dass er den Namen nennen musste.

Seit fünf Tagen rief Jensen nun schon an und lud mich jedes Mal zum Essen ein. An den ersten drei Tagen hatte ich ihn kurz angebunden abgewiesen, auch wenn ich zugeben musste, dass es mir von Mal zu Mal schwerer gefallen war. Was auch der Grund war, warum ich es schon am Tag zuvor Chad überlassen hatte, das Gespräch mit Jensen zu übernehmen und so zu tun, als wäre ich nicht da.

So viel dazu, dass ich kein Feigling war. Meine Widerstandskraft fing nach nur ein paar Tagen an, in sich zusammenzuschrumpfen, sodass ich mich wie ein vor Angst schlotterndes Häschen in seinem Bau versteckte.

»Hallo, Mr. Mercer.«

Hektisch schüttelte ich den Kopf, stellte die Gläser in meinen Händen zurück in die Kiste und gab Chad per Handzeichen zu verstehen, dass er mich verleugnen sollte. Er antwortete mit wirrem Herumgezappel, grinste von einem Ohr zum anderen und zog dann eine

Schnute, als ich ihm mit verkniffener Miene und geballter Faust drohte.

»Tut mir leid, aber Rory ist nicht da. Ich kann auch nicht genau sagen, wann sie wieder hier … Wo sie ist?«

Er blies die Wangen auf, bis er aussah wie ein Hamster, der sich zu viel Futter in die Wangentaschen gestopft hatte. Nichts wirkte unglaubwürdiger als jemand, der zu lange für Erklärungen brauchte oder sie unbeholfen zusammenstotterte. Ich verdrehte die Augen und kurbelte mit einer Hand in der Luft herum, als Zeichen, dass er weiterreden sollte.

»Sie ist … ähm … in der Wäscherei.«

Ich schlug mir die flache Hand mit einem Klatschen gegen die Stirn und schüttelte den Kopf. Normalerweise war Chad doch auch nicht auf den Mund gefallen. Gestern hatte er Jensen problemlos und in Rekordzeit abgewimmelt. Nur zwei Sätze waren dafür nötig, maximal drei, wenn man die Verabschiedung mitrechnete.

Hallo, Mr. Mercer.

Und: *Rory ist nicht da.*

Und: *Bye.*

Fertig.

Chad zuckte mit den Schultern und kratzte sich an der Schläfe. »Sie bringt die Tischdecken weg.«

Ich sah mich in der Bar um. Auf nicht einem der Tische lag eine Tischdecke, denn es war viel hygienischer und vor allem einfacher, einen Tisch nur abzuwischen, wenn er wieder frei wurde. Wie zur Hölle kam Chad also auf

Tischdecken? Da wären Handtücher viel naheliegender gewesen. Obwohl ich die auch nicht in die Wäscherei gab, sondern in meiner eigenen Waschmaschine im Bad neben meinem Büro wusch.

»Dein Mitarbeiter ist beim Lügen genauso mies, wie du es bist«, hörte ich plötzlich Jensen hinter mir, ein unterdrücktes Lachen in seiner Stimme. Ich wandte mich wieder zu Chad um, der das Telefon heruntergenommen und den Lautsprecher angestellt hatte. Mit zerknirschter Miene formte er mit seinen Lippen ein tonloses »*Sorry*«. »Und jetzt sag mir, wann ich dich heute Abend abholen kann.« Als ich nicht sofort antwortete, redete er weiter: »Dich stumm stellen, bringt nichts, Shortie, denn ich weiß, dass du da bist. Ich kann dich sehen.«

Ich sah mich um und machte eine Bewegung vor der Eingangstür aus. Das Handy am Ohr trat Jensen vor den großen Glaseinsatz in der Tür, sodass ich ihn deutlich erkennen konnte. Ein Lächeln spielte um seine Mundwinkel und er schüttelte tadelnd den Kopf.

»Also? Wann kann ich dich abholen?«, fragte er sanft mit dieser verführerisch rauen Schlafzimmerstimme, die jedes Mal, wenn ich sie hörte, ein Kribbeln in meinem Körper auslöste.

Ich drückte das Gespräch weg, legte das Telefon auf den Bartresen und ging zur Eingangstür, vor der Jensen geduldig wartete.

»Akzeptierst du jemals ein Nein?«, wollte ich ohne Begrüßung von ihm wissen, nachdem ich die Tür aufgeschlossen hatte, und funkelte ihn missgelaunt an. Wie hätte ich auch ahnen können, dass er sich vor der Bar postieren würde, während er mich anrief? Nur damit er mich auf frischer Tat beim Flunkern erwischte. »Nicht einmal ein Esel ist so stur wie du.«

»Das nehme ich als Kompliment«, sagte er und steckte das Handy in die Innentasche seines Jacketts. »Natürlich akzeptiere ich ein Nein, aber nur dann, wenn ich mir sicher bin, dass es absolut unabänderbar ist. Und deines ist es nicht. Wir wissen beide, dass du es eigentlich willst, weil du neugierig auf mich bist. Du bist nur zu eigensinnig und willst es nicht eingestehen. Dein Starrsinn ist jedoch etwas, woran sich arbeiten lässt, Süße. Der Rest wird sich dann von ganz allein ergeben.«

»Nichts wird sich ergeben. Ich werde nicht mit dir Essen gehen, Jensen. Kein Dinner, kein Lunch.«

Ein Schmunzeln spielte um seine vollen Lippen und ich fragte mich, wie sein Mund sich auf meinem anfühlen und wie er schmecken würde. Wie sich seine Küsse anfühlen würden. Zärtlich? Ich dachte an seinen Quickie mit Darla. Nein, die Küsse dieses Mannes waren sicherlich genauso, wie er Sex hatte – wild, unnachgiebig und verschlingend. Als würde ein Sturm über einen hinwegfegen.

»Dann eben Frühstück«, antwortete er mit einem lässigen Schulterzucken und überging einfach meine Abfuhr. Gab es überhaupt etwas, das diesen Mann aufhalten konnte? Oder ihn zumindest so stark erschütterte, dass es ihn für mehr als nur ein paar Sekunden oder Minuten aus der Bahn warf? »Nach einer anstrengenden Nacht werden wir beide das sicher gut gebrauchen können. Obwohl ich es vorziehen würde, erst mit dir essen zu gehen, mich mit dir zu unterhalten und mehr über dich zu erfahren. Aber ich komme dir gern entgegen, wenn es dir so lieber ist. Dann wird eben erst gevögelt und die Unterhaltung verschieben wir auf später.«

»Jensen …«, grummelte ich warnend und ignorierte verbissen das aufgeregte Flattern in meinem Magen. »Hör auf damit!«

»Zu spät, Kleines. Du wolltest meine Aufmerksamkeit, jetzt hast du sie. Meine volle Aufmerksamkeit.«

»Ich habe sie nie gewollt. Ich wollte nur verhindern, dass meine Bar wegen dir und deiner Eskapaden einen schlechten Ruf bekommt.«

»Rede dir das ruhig weiter ein. Ich kann sehen, wie sehr du es willst, wie sehr du *mich* willst.« Er trat näher, legte eine Hand in meinen Nacken und strich mit dem Daumen über meinen rasenden Puls. »Und ich kann es fühlen.«

Ich saugte hektisch Luft in meine Lungen, schluckte gegen die Enge in meinem Hals an und erwiderte reglos seinen Blick, während seine Berührung meine Haut versengte. Entschlossen unterdrückte ich das Verlangen, mich kopfüber in das Abenteuer zu stürzen, mit dem er mich seit Tagen lockte. Dennoch wartete ich begierig darauf, was er als Nächstes tun würde. Ich wartete, nein, ich hoffte darauf, dass Jensen sich zu mir herabbeugte und seine Lippen auf meine presste, damit ich endlich herausfand, wie es sich anfühlte. Aber nichts dergleichen geschah.

Stattdessen verzog ein wölfisches Lächeln seinen Mund, als er seine Hand langsam zurückzog und dabei spielerisch über das Halsbündchen meines T-Shirts strich. Er wusste genau, was er tat, Jensen spielte mit mir, wie er es wahrscheinlich schon mit hunderten anderen Frauen getan hatte, von denen jede einzelne ihm verfallen war.

»Beim nächsten Mal habe ich dich, Rory. Wenn wir uns das nächste Mal treffen, wirst du nicht mehr Nein sagen. Du wirst mich darum bitten, dich zu vögeln. Und ich werde es tun.«

Ich schüttelte nur den Kopf, denn ich befürchtete, dass ich keinen vernünftigen Satz über die Lippen bekam. Insgeheim stimmte ich ihm jedoch zu. Ich würde ihm nicht mehr ewig widerstehen, obwohl bereits jetzt feststand, dass ich mir an ihm die Finger verbrennen würde. Die Finger? Ich würde als ein verdammter Aschehaufen enden, der in eine hohle Hand passte.

Grübelnd sah ich ihm hinterher, selbst dann noch, als er längst über die Rasenfläche gegangen und aus meinem Sichtfeld verschwunden war, und wusste nicht, was ich von ihm halten sollte. Jensen war erfolgsverwöhnt, sexy, ein arroganter, draufgängerischer Macho. Mit ›sexy‹ konnte ich ja ganz gut leben, aber der Rest …

»Ich denke, du solltest es tun.«

Ich wandte den Kopf und entdeckte Chad nur eine Armlänge entfernt. Die Hände in die Taschen seiner Jeans geschoben, stand er vor mir, eine dunkelblonde Strähne fiel ihm ins Gesicht und er pustete sie weg. Ich hatte nicht einmal gemerkt, wie er nähergekommen war.

»Was sollte ich deiner Meinung nach tun? Mit ihm essen gehen?«

»Ich meinte, du solltest Sex mit ihm haben.« Ein knappes Schulterzucken, dann verzog sich sein Mund zu einem schelmischen Lächeln. »Wenn du willst, geh vorher mit ihm essen, bestell das Teuerste, was die Karte zu bieten hat und was du dir sonst nie im Leben bestellen würdest. So bekommst du wenigstens eine kleine Entschädigung, falls er es im Bett nicht bringt. Wenn nicht, dann eben nicht. Aber du solltest ihn unbedingt flachlegen.«

»Das meinst du nicht ernst?« Ich schloss die Tür hinter mir, verzichtete aber darauf, sie abzuschließen, denn die Bar öffnete ohnehin in nicht einmal zehn Minuten. Dann ging ich an Chad vorbei durch den Gastraum und zurück hinter den Bartresen. Kopfschüttelnd sortierte ich die letzten Cocktailgläser in das Regal. »Ich soll ihm geben, was er will? Ich dachte, du wärst mein Freund.

Freunde ergreifen nicht Partei für die Gegenseite und schubsen einen in das Bett des Feindes.«

»Eigentlich sollst du dir nehmen, was *du* willst. Nein, nimm dir von ihm, was du *brauchst*. Du kannst nicht abstreiten, dass du scharf auf ihn bist.«

»Darum geht es nicht.« Ich stellte das letzte Glas ins Regalfach und die beiden flachen Kisten beiseite. Dann schüttete ich Eiswürfel in zwei Gläser, füllte sie mit Cola auf und reichte eines an Chad weiter. »Er benutzt Frauen, hauptsächlich für Sex nehme ich an. Aber ich will nicht benutzt werden, nicht schon wieder. Darauf bin ich genauso scharf wie auf einen Mitleidsfick.«

»So, wie du ihn von Matt bekommen hast?« Chad runzelte die Stirn und legte den Kopf schief. »Trauerst du diesem blöden Arschloch etwa hinterher? Der hatte dich nicht verdient.«

»Nein. Matt ist für mich erledigt. Er ist ein Idiot, mit dem ich mich niemals hätte einlassen sollen. Aber Jensen ist genauso der falsche Mann. Er ist zwar anders als Matt, doch er ist auch viel gefährlicher. Und deswegen ist er ein Mann, mit dem eine Frau, die bei Verstand ist, sich nicht einlassen sollte.«

»Bullshit. Du willst auf den eventuell heißesten Sex deines Lebens verzichten, weil er kein Schmusekater, sondern eine gefährliche Raubkatze ist? Dann ist er eben gefährlich – *who cares*? Gerade das ist es doch, was ihn so reizvoll macht.« Sein Gesicht nahm einen sehnsüchtigen Ausdruck an. »Schade, dass er nicht bi ist.

Denn wäre er es, ich würde dir bei ihm glatt Konkurrenz machen.«

»Chad …« Ich verdrehte die Augen gen Decke und schüttelte lachend den Kopf. »Ich will nur einfach nicht die nächste Kerbe in seinem Bettpfosten sein. Denn das würde bedeuten, dass er gewonnen hat.«

»Schätzchen, du verwechselst hier etwas.« Chad stellte sein Glas auf dem Tresen ab, nachdem er einen Schluck getrunken hatte, und grinste mich an. »Nicht du bist die nächste Kerbe in seinem Bettpfosten, sondern er die nächste Kerbe in deinem. Es kommt alles nur auf den richtigen Blickwinkel an.«

War es tatsächlich so einfach?

Ja, vielleicht war es das. Jensen war unbestreitbar attraktiv und ich fühlte mich sexuell zu ihm hingezogen. Ich war seit Wochen höllisch untervögelt und er war offenbar ganz versessen darauf, mir zu geben, was ich brauchte. Die perfekte Ausgangssituation für einen schweißtreibenden One-Night-Stand, meinetwegen auch für eine kurze stürmische Affäre, solange alles locker und unkompliziert, frei von jeglichen Verpflichtungen blieb.

Die Gefahr, dass einer von uns sich in den anderen verliebte, lag praktisch bei Null. Ich, weil ich nach meinem letzten Reinfall die Nase gestrichen voll von diesem ganzen Liebesmist hatte, und Jensen, weil er höchstwahrscheinlich gar nicht wusste, was es bedeutete, tiefere Gefühle für jemanden zu empfinden.

Es ging nur darum, dass wir beide bekamen, was wir wollten. Ich nannte es Sex und er Wiedergutmachung.

KAPITEL 5

Die Metallklappe schloss sich über der gut gefüllten Geldbombe. Ein mechanisches Surren ertönte, dann verschwanden die Einnahmen des Tages mit einem Rumpeln irgendwo sicher verwahrt in den Tiefen der Bank.

Die Junggesellinnen-Party hatte mehr eingebracht, als ich erwartet hatte, was eindeutig an den engagierten Strippern lag. Die beiden Jungs hatten genau gewusst, wie sie den Frauen einheizen mussten. Dank ihnen waren innerhalb kürzester Zeit unzählige Drinks über den Tresen gegangen, von denen jeder einzelne für mich ein weiterer kleiner Schritt in Richtung Freiheit bedeutete.

Je mehr die Bar einbrachte, umso schneller wurde ich das Darlehen los, das mich daran hinderte, mein Leben so zu führen, wie ich es eigentlich für mich geplant hatte. Mit etwas Glück konnte ich in ein oder zwei Jahren, vorausgesetzt die Bar warf weiter genug Gewinn ab, doch noch als Landschaftsarchitektin arbeiten. Jetzt war allein die Vorstellung utopisch, mein eigenes kleines Büro eröffnen zu wollen, denn ich besaß keinerlei Rücklagen, mit denen ich mich in den Anfangsmonaten über Wasser halten könnte. Außerdem konnte ich noch keine größeren Projekte vorweisen, mit denen ich Auftraggeber von meiner Kompetenz hätte überzeugen und Aufträge an Land ziehen können. Und für einen gut bezahlten Job als Angestellte in einem renommierten Architekturbüro besaß ich weder genug Erfahrung noch die richtigen Verbindungen, dort würde ich mich hocharbeiten müssen. Mit dem abzustotternden Darlehen im Nacken kam im Augenblick keine dieser beiden Optionen in Frage. Doch sobald ich das Darlehen los war und mir vom Gewinn, den die Bar abwarf, etwas Geld zusammengespart hatte, würde die Sache anders aussehen.

Eine leere Geldbombe ploppte aus dem Nachttresor und ich verstaute sie in meiner Tasche. Dann zog ich meine Bankkarte, die gleichzeitig als Schlüssel für den Nachttresor diente, aus dem Kartenschlitz, verließ die Bank und sah mich um.

Das Taxi, das mich zur Bank gefahren hatte, war schon wieder verschwunden und ein anderes nicht in Sicht. Aber jetzt, wo ich keine 6.800 Dollar mehr in der Tasche hatte, war es mir egal, wenn ich nach Hause laufen musste. Ich rückte den Trageriemen meiner Tasche auf meiner Schulter zurecht und lief Richtung Bar, die sich ein paar Blocks entfernt befand.

Die Bürgersteige und Straßen wirkten wie leergefegt, nur noch vereinzelte Fenster der Bürogebäude, an denen ich vorbeilief, waren erleuchtet. Ich hatte mich inzwischen daran gewöhnt, dass es im Industrie- und Geschäftsviertel abends ziemlich einsam werden konnte. Tagsüber mochte es hier auf den Straßen vor Menschen wimmeln, aber das Nachtleben spielte sich in anderen Stadtvierteln und den Vororten von Phoenix ab. So wie in Scottsdale, wo ich bis vor ein paar Monaten gelebt hatte, bis ich das Haus, das ich von meinen Großeltern geerbt hatte, notgedrungen an die Bank überschreiben und verlassen musste.

Ich bog um die Ecke und lief an perfekt gepflegten Palmen vorbei, die sich wie auf einer Schnur aufgefädelt am Straßenrand entlangreihten. Ohne die Geräusche von vorbeifahrenden Autos, ohne das andauernde Brummen und Hupen konnte ich sogar das Rauschen der Palmwedel hören, die sich sanft im Wind bewegten, der durch die Straßenschlucht zwischen den Bürogebäuden strich.

Ich kam an die letzte Kreuzung vor der Bar und sah mich um. Mein Blick blieb kurz an den bunten Aufklebern und Bildern in den dunklen Fenstern einer Kinderbetreuung hängen, die in zwei Wochen eröffnet werden sollte, und huschte bei Rot über die Straße. Solange der

Kindergarten nicht geöffnet hatte und keine Kinder in der Nähe waren, konnte ich ihnen auch kein schlechtes Vorbild sein.

Als ich an der breiten Einfahrt zu *Mercer Enterprises* vorbeilief, richtete sich mein Blick unwillkürlich auf das Gebilde auf der Plattform vor dem Eingang. Die Kugel aus einem Netz engmaschigen Aluminiums, um die sich ein diagonal verlaufender Gürtel mit dem Namen des Konzerns schlang, war riesig. Sie wäre selbst dann unübersehbar gewesen, wenn sie nicht von kleinen, in den Boden eingelassenen Scheinwerfern angestrahlt worden wäre wie im Moment.

Ich blieb stehen, ließ meinen Blick an dem Gebäude nach oben wandern und fragte mich, ob Jensen noch arbeitete und hinter einem der wenigen beleuchteten Fenster saß. In meinen Unterleib setzte ein sehnsüchtiges Ziehen ein und entlockte mir ein verzweifeltes Aufstöhnen. Jetzt reichte es schon, wenn ich nur an ihn dachte und mein Körper reagierte so heftig, als würde er tatsächlich vor mir stehen. Frustriert rammte ich meine Hände in die Hosentaschen, ballte sie zu Fäusten und verbot mir jeden Gedanken an Jensen, während ich mit stur nach vorn gerichtetem Blick weiterlief.

»Hey, Baby«, erklang eine viel zu vertraute Stimme vom Straßenrand her und ließ mich abrupt innehalten. »Gut siehst du aus.«

Mein Magen zog sich zu einem festen, schmerzhaften Klumpen zusammen und ich konnte nicht aufhören, ihn anzustarren. Ich hatte damit gerechnet, dass mein Exfreund früher oder später wieder auftauchen würde. Trotzdem wünschte ich mir, er hätte sich für ›später‹ entschieden. Noch besser wäre ›nie‹ gewesen. Geräuschvoll stieß ich den Atem aus. »Was willst du hier, Matt?«

»Was sollte ich hier schon wollen? Ich wollte dich sehen und hallo sagen.« Mit einem Lächeln, das er offenbar für unwiderstehlich hielt, kam er näher. Früher hatte er mich mit diesem Lächeln tatsächlich einwickeln können, doch jetzt wusste ich, dass es niemals echt und immer nur zweckdienlich gewesen war. Damit ich tat, was er von mir wollte.

Er musterte mich von oben bis unten und umrundete mich wie ein Hund, der unschlüssig um einen Knochen herumlief, weil er nicht wusste, an welcher Stelle er zuerst herumkauen sollte. Schließlich blieb er seitlich hinter mir stehen und starrte mir ungeniert auf den Hintern.

»Mal hallo sagen? Ausgerechnet jetzt?« Ich wandte mich zu ihm um und sah demonstrativ auf meine Uhr. »Um 23:37 Uhr nachts. Glaubst du ernsthaft, ich nehme dir das ab?«

»Sei nicht so kleinlich, Rory-Baby. Wir haben uns seit Monaten nicht gesehen und das erste, was du machst, jetzt, wo wir uns sehen, ist herumlamentieren. Das hat früher schon genervt. Ich dachte, du hättest diese dämliche Angewohnheit mittlerweile abgelegt. Freust du dich etwa nicht, dass ich wieder hier bin?«

Er hatte sich nicht verändert. Sobald Matt merkte, dass er auf die »nette« Art nichts erreichte, zeigte er sich als der ich-bezogene Kotzbrocken, der er in Wirklichkeit war, der grundsätzlich nur Fehler an anderen Menschen wahrnahm, aber niemals bei sich selbst. Der sich wie ein Parasit auf Kosten anderer durchs Leben schlängelte, bund von dem ich mich fragte, was ich jemals in ihm gesehen hatte. Wie ich sogar tiefere Gefühle für ihn entwickeln konnte.

Ja, Matt sah gut aus, aber das war auch alles, was er zu bieten hatte. Er war schlank und besaß ein paar Muskeln, aber nicht so viele, dass es bei seiner Größe von 1,75 Meter komisch wirken würde. Seine dunkelblonden Haare trug er etwas länger, sodass sie ihm jedes Mal, wenn er mit einer Hand hindurch fuhr, sofort wieder in die Stirn zurückfielen. Ein ziemlich nutzloser, wenn auch gutaussehender Draufgänger.

Nur verlor sich selbst sein gutes Aussehen, sowie sein wahrer Charakter hinter der hübschen Fassade hervor- und in den Vordergrund trat. Und ich hatte seinen wahren Charakter gesehen, hatte ihn zu spüren bekommen, als er ohne Reue oder Bedauern zugesehen hatte, wie seine Bank mir wegen der Bürgschaft die Pistole auf die Brust setzte.

»Nein. Warum sollte ich mich auch freuen, dich zu sehen? Für dich gibt es nur einen Grund, warum du dich plötzlich wieder an mich erinnerst. Du brauchst Geld.«

Er zuckte mit den Schultern und winkte ab. »Ein paar Dollar, klar. Aber darüber können wir später noch immer reden, nachdem wir unsere … Bekanntschaft aufgefrischt haben.« Lächelnd kam Matt näher und streckte eine Hand nach mir aus, doch ich wich zurück, weil ich nicht wollte, dass er mich anfasste. Die Zeit, in der ich mich nach seinen Berührungen gesehnt und seine Nähe gebraucht hatte, war vorbei. Jetzt machte mich allein die Vorstellung krank, er könnte mich noch einmal anfassen.

»Weder werden wir reden noch unsere Bekanntschaft auffrischen, Matt. Und du bekommst von mir keinen Cent«, sagte ich und beglückwünschte mich in Gedanken, weil ich so gelassen blieb. Vor ein paar Wochen, als ich mich noch durch das Chaos wühlte, das er hinterlassen hatte, wäre mir das nicht gelungen, da hätte ich mich wahrscheinlich vor Wut heulend auf ihn gestürzt und versucht, ihn mit bloßen Händen für den Ärger zu erwürgen, den er mir eingebrockt hatte. »Geh doch zu Marie-Ann, oder wie hieß die Bankangestellte, mit der du schon wochenlang ins Bett gestiegen bist, bevor wir uns getrennt haben, und die dafür gesorgt hat, dass ich das Haus meiner Großeltern verloren habe? Vielleicht besorgt sie dir ja ein neues Darlehen bei ihrer Bank, das du dann auf ihre Kosten verprassen kannst.«

»Das mit Marie-Ann ist vorbei.« Er kam noch näher und ich stieß mit dem Rücken gegen ein geparktes Auto, das nicht in diese Gegend passte. Offensichtlich Matts Auto, das eher ein geparkter Schrotthaufen war, denn der 35 Jahre alte Ford Taunus GXL hatte seine beste Zeit längst hinter sich. Die rote Farbe war matt, zerkratzt und stellenweise mit Rostflecken durchsetzt. Matt musste bis zum Hals in Schulden stecken – wieder einmal –, wenn er sich nur noch einen eigentlich schrottreifen Wagen leisten konnte.

»Warum? Hat sie gemerkt, dass du nicht der tolle Kerl bist, den du so gerne mimst? Dann ist sie schlauer als ich, denn ich habe fast ein Jahr gebraucht, um herauszufinden, dass alles, was du mir erzählt und alles, was du mir vorgelebt hast, nur eine einzige große Lüge war.«

»Was reitest du auf dieser alten Sache noch herum? Dir geht es doch gut. Ich habe dir im Ausgleich für die alte Hütte meine gut laufende Bar überlassen. Das war ein erstklassiger Tausch, bei dem du nur gewinnen konntest.«

»Du hast aus der Bar herausgequetscht, was du herausquetschen konntest. Und du hättest mir gar nichts überlassen, nicht einmal die Bar, wenn du es wegen unserer Vereinbarung nicht gemusst hättest.« Zum Glück hatte ich noch so viel Verstand besessen und auf einen Vertrag bestanden. Nur für den Fall – von dem ich damals ausging, er würde niemals eintreten –, dass er die Darlehensraten nicht zahlte.

»Und wie man sieht, war es anscheinend die richtige Entscheidung, die Bar an dich zu übertragen. Wie ich gehört habe, hast du diesen Mercer-Idioten vor ein paar Tagen vor die Tür gesetzt.« Sein Lächeln nahm einen fiesen Zug an. »Ist das Arschloch einem der Mädchen oder dir an die Wäsche gegangen? Oder warum hast du ihn rausgeschmissen und ihm Hausverbot erteilt? Wenn er dich belästigt hat, dann solltest du dir überlegen, ihn zu verklagen, falls du es nicht schon getan hast. Dem Typ tun ein paar Millionen weniger auf dem Konto bestimmt nicht weh.«

Ich ballte meine Hände zu Fäusten und drückte sie an meine Seiten, damit ich nicht dem übermächtigen Verlangen nachgab, sie ihm um den Hals zu legen und zuzudrücken. Oder ihn einfach zu schlagen, am besten mit der Faust mitten ins Gesicht, damit dieses dreckige Grinsen verschwand.

»Jensen hat mich niemals belästigt.«

»Kann er das denn auch beweisen? Es reichen schon ein, zwei Zeugen, die aussagen, dass er es getan hat. Außerdem … warum sonst hättest du ihm Hausverbot erteilen sollen? Das würde die Aussagen noch einmal unterstützen.«

»Gott, du bist unbeschreiblich widerwärtig.« Wut stieg in mir auf und ließ mich hart schlucken. Am liebsten wollte ich ihm vor die Füße kotzen, damit ich den gallenartigen Geschmack loswurde, der auf meiner Zunge lag. »Ich ekle mich vor mir selbst, dass ich mich jemals auf so ein mieses Stück Dreck wie dich eingelassen habe.«

»Hey, Süße, da bist du ja«, erklang Jensens dunkle Stimme hinter Matt. Ich sah auf und runzelte irritiert die Stirn. Dafür, dass die Luft um mich herum vor Zorn regelrecht schwelen musste, war sein Lächeln überraschend unbeschwert, als würde er nicht bemerken, wie angespannt die Situation war, in die er reinplatzte.

Jensen schob meinen Ex kurzerhand zur Seite, zog mich besitzergreifend an sich und neigte sich zu mir herab. Seine Lippen legten sich auf meinen Mund und er erstickte meine Wut mit einem verlangenden Kuss, der meinen Herzschlag rasen ließ, aber viel zu schnell endete.

»Tut mir leid, dass ich dich so lange habe warten lassen«, murmelte er mit rauer Stimme und strich mit dem Daumen über meine Unterlippe. Dann sah er kurz über seine Schulter und nickte in Matts Richtung. »Wer ist er?«

Aber ich konnte ihm nicht antworten, sondern starrte Jensen stattdessen nur perplex an. Zitternd saugte ich Luft in meine Lungen. Meine Lippen prickelten von seinem Kuss und ich musste mich zusammennehmen, sie nicht mit meinen Fingerspitzen zu betasten. Was – *zur Hölle* – war gerade geschehen?

»Rory?« Matt klang so verwirrt, wie ich es war, weil ich nicht wusste, was ich von Jensens Auftreten halten sollte.

»Süße?« Jensen klang keineswegs verwirrt, eher amüsiert, weil er die Situation und meine Verwirrung offensichtlich genoss.

»Was zum Teufel soll das, Rory? Das ist doch dieser Typ … dieser Mercer, dessen Foto an der Tür der Bar klebt. Ich dachte, der hat Hausverbot.«

»Oh das …«, sprang Jensen mit einem Lächeln für mich ein und zog mich an seine Seite. Und ich ließ es widerstandslos geschehen. Selbst, wenn ich es gewollt hätte, ich hätte nichts sagen oder in irgendeiner Weise reagieren können, denn mein Kopf fühlte sich an wie leergesaugt. »Der Rausschmiss und das Hausverbot waren ein Fake. Nichts bringt mehr Aufmerksamkeit, als der Gerüchteküche ordentlich einzuheizen, und voilà … die Gäste kommen in Scharen in die Bar, wollen sich mit eigenen Augen davon überzeugen, ob es stimmt, dass ausgerechnet ein Mercer einen Tritt in den Arsch bekommen hat.«

»Ein Fake?«, hakte Matt ungläubig nach. Offenbar sah er schon seine Felle davonschwimmen – oder eher die paar Millionen Dollar, die er sich von einer angezettelten Klage gegen Jensen erhofft hatte.

»Ja.« Jensen schlang seinen Arm fester um mich und seufzte gespielt niedergeschlagen. »Streitereien sind leider viel ergiebiger und ziehen mehr Aufmerksamkeit als eine Verlobung.«

Erschrocken sah ich zu ihm auf. Sein Rettungsversuch in allen Ehren, dafür war ich ihm unglaublich dankbar, aber musste er gleich so maßlos übertreiben und uns miteinander verloben?

»*Verlobung?*« Matts Augen quollen beinahe aus ihren Höhlen. »Aber wie …? Ähm … wann habt ihr euch denn verlobt? Wie lange läuft das mit euch beiden eigentlich schon?«

»Erst ein paar Wochen. Manche Dinge lassen sich nicht

planen, schon gar nicht, wenn Gefühle im Spiel sind. Und ich bin ein Mann, der gelernt hat, Chancen sofort zu ergreifen, sobald sie sich ihm zeigen, ehe ihm ein anderer zuvorkommen kann. Wenn es nach mir geht, wird es ohnehin nur eine sehr kurze Verlobungszeit werden, obwohl Rory sich bisher noch gegen eine Vegas-Hochzeit sträubt.«

»*Jensen!*«, quietschte ich panisch und fand endlich meine Stimme wieder. Ich krallte meine Finger in sein Hemd und schüttelte hektisch den Kopf. »Du kannst doch nicht …«

»Tut mir leid«, sagte er zerknirscht und sah mit beschwörendem Blick auf mich herab, damit ich sein wackliges Lügengerüst nicht zum Einsturz brachte. »Ich weiß, wir wollten das mit der Verlobung noch nicht öffentlich machen.« Sein Blick richtete sich wieder auf Matt und dieses Mal stand in seinen Augen ein eisiger Ausdruck, der sogar mir einen Schauer über den Rücken jagte, dabei galt er nicht einmal mir. Eine Warnung, die mein Exfreund nicht missverstehen konnte: *›Diese Frau gehört mir. Komm ihr zu nah, fass sie an oder tu ihr weh und ich sorge dafür, dass du es bitterlich bereust.‹*

Normalerweise hätte ich sofort protestiert, wenn ein Mann sich mir gegenüber so besitzergreifend zeigte, aber in diesem Augenblick kam mir Jensens ausgeprägtes Revierverhalten ganz gelegen.

»Ich kann mich doch auf Sie verlassen, dass Sie es für sich behalten, Mr. …?«

»Baker.« Matt nickte knapp und wagte nicht einmal mehr, in meine Richtung zu sehen, obwohl Jensen mich eng an sich gedrückt hielt und ich mich damit in seinem Sichtfeld befinden musste. Gott, was war er nur für ein erbärmlicher Feigling. »Natürlich behalte ich es für mich. Meinen herzlichen Glückwunsch zur Verlobung, Mr. Mercer.« Sein Blick huschte für einen Sekundenbruchteil zu mir. »Rory.«

Mit einer gemurmelten Verabschiedung zog er sich zurück, umrundete den klapprigen Ford und schob sich eilig hinter das Steuer. Matt trat das Gaspedal durch und schoss mit aufjaulendem Motor aus der Parklücke.

»Den siehst du nie wieder«, murmelte Jensen mit einem unterdrückten Lachen, während wir beobachteten, wie Matt die Straße hinunterraste.

Nachdem er um die nächste Ecke gebogen war, schob ich Jensens Arm beiseite und starrte aus halb zusammengekniffenen Augen zu ihm auf. »Was sollte denn dieser Schwachsinn? *Verlobt? Vegas-Hochzeit?*« Ich knuffte ihn in die Rippen, aber er zeigte sich von meinem – zugegebenermaßen – lahmen Ausbruch völlig unbeeindruckt, er zuckte nicht einmal zusammen. »Ist das deine Vorstellung davon, wie man eine Frau vor einem aufdringlichen Ex rettet? Mit hanebüchenen Lügen, die nur ein absoluter Volltrottel glauben würde.«

»Wie man sieht, hat es funktioniert. Er hat es geglaubt, jedes Wort. Und das spricht nicht gerade für ihn.« Da musste ich ihm wohl oder übel recht geben. »Tut mir leid, wenn ich übertrieben habe. Doch es musste ernst genug für ihn klingen, damit er versteht, dass es keinen Sinn hat, dir weiter nachzustellen. Wenn ich gesagt hätte, wir haben eine lockere Affäre, hätte ihn das sicherlich nicht aufgehalten. Mich würde es jedenfalls nicht aufhalten, wenn ich eine Frau unbedingt für mich haben will.«

»Das glaube ich dir sogar.«

Kopfschüttelnd wandte ich mich ab und lief weiter Richtung Bar, stur den Blick auf den Weg vor mir gerichtet, damit er nicht bemerkte, wie sehr er mich durcheinanderbrachte. Mit seiner Behauptung, wir wären ein Paar, die zwar eine Lüge gewesen war, aber trotzdem dafür gesorgt hatte, dass sich mein Magen anfühlte, als würde er Purzelbäume schlagen. Mit seinem Kuss, der mich fast von den Füßen gefegt hatte und von dem ich hoffte, dass ihm heute Nacht noch weitere folgten. Dass heute Nacht noch viel mehr folgte.

Aber dafür brauchte ich einen klaren Kopf, damit mir die Situation am Ende nicht entglitt und ich erneut kopfüber ins Chaos stürzte. Denn Jensen gehörte zu den Männern, in die man sich ganz leicht verlieben konnte. Charmant und humorvoll, wenn er es darauf anlegte, etwas Macho, was so ziemlich jede Frau heiß laufen ließ, und wahnsinnig sexy. Eine verdammt gefährliche Mischung.

Ich konnte seinen forschenden Blick auf mir spüren, während Jensen schweigend neben mir herlief, trotzdem war ich mir seiner vollauf bewusst. Seines Dufts, den er verströmte, der Wärme, die sein Körper abstrahlte, mich einhüllte und die die Nachtluft weniger kühl wirken ließ.

»Was machst du eigentlich hier?«, wollte ich wissen, um meinen Verstand dazu zu bringen, wieder normal zu arbeiten, indem er sich mit etwas anderem beschäftigte als dem Gedanken daran, dass Jensen ein verflucht guter Küsser war.

»Ich habe dich vom Parkplatz aus gesehen. Es hatte den Anschein, dass dieser Kerl dich bedrängt und ich hielt es für eine gute Idee, dir zu helfen.«

»Das meinte ich nicht.« Ich schüttelte den Kopf. »Spielst du nur den nervigen Vorzeigeboss oder arbeitest du jeden Tag so lange?«

»Hin und wieder, wenn ich ein Projekt zum Ende bringen will, dann sitze ich länger im Büro, aber keinesfalls täglich. Und nein, ich spiele nicht den nervigen Vorzeigeboss. Ich bin eigentlich ein umgänglicher Chef, zumindest glaube ich das. Wenn du etwas mehr Zeit mit mir verbringen und mit mir ausgehen würdest, wüsstest du, welch einnehmendes Wesen ich haben kann.«

Ich sah auf, direkt in seine übermütig funkelnden Augen und ich fragte mich, wohin der herablassende Idiot verschwunden war, der sich vor mir aufgeführt hatte, als würde ihm die Welt zu Füßen liegen. Na ja, eher ein Großteil der weiblichen Weltbevölkerung, die es ihm viel zu einfach machte, sodass er für sie nur noch Verachtung übrighatte.

»Dir ist schon bewusst, dass du mir für die Rettung eben etwas schuldig bist, oder?«

»Dich ohne meine Zustimmung zu meinem Verlobten aufschzuwingen, das würde ich nicht unbedingt als Rettung bezeichnen. Das war frech.« Wir kamen bei der Bar an, ich schloss die Tür auf und sah Jensen an. Und er, er erwiderte meinen Blick nur ruhig. Kein Drängen, kein Fordern, wie es bisher immer der Fall gewesen war. Er wartete geduldig, obwohl ihm bewusst sein musste, wie hervorragend die Chance für eine erneute Zurückweisung stand. »Aber es war auch irgendwie witzig.« Ein Lächeln spielte um meine Lippen. »Und ja, dafür, dass du Matt verscheucht hast, schulde ich dir was. Wie wäre es mit einem Drink, als Dankeschön sozusagen?«, lud ich ihn in die Bar ein und trat einen Schritt beiseite, damit er an mir vorbeigehen konnte.

KAPITEL 6

Der würzige Geruch nach frischen Kräutern, den die Minipizzen und Cheeseburger-Muffins auf dem Teller in meiner Hand verströmten, ließ das Wasser in meinem Mund zusammenlaufen. Wegen der Junggesellinnen-Party hatte ich das Abendessen ausfallen lassen, doch jetzt machte sich mein Magen mit einem lauten Knurren bemerkbar. Ich nahm mir eine der Minipizzen vom Teller und schlang sie gierig herunter, während ich die Schwingtür mit der Schulter aufdrückte und zurück in die Bar ging, in der Jensen auf mich wartete.

Als ich aufsah, entdeckte ich ihn hinter dem Bartresen, wie er mit einer Zange Eiswürfel in zwei Gläser füllte. Er hatte seine Anzugjacke abgelegt und die Ärmel seines Hemds hochgekrempelt, sodass ich seine muskulösen Unterarme sehen konnte, die er ganz sicher nicht davon bekommen hatte, dass er tagtäglich Kugelschreiber durch die Gegend schubste oder Telefonate führte.

Ich ging um den Bartresen herum, stellte den Teller ab und kletterte auf einen Hocker. Noch immer hungrig biss ich von einem Cheeseburger-Muffin ab, kaute und hangelte über den Tresen hinweg nach einer Serviette.

Jensen nahm eine Flasche *Black Saddle* Whisky aus dem verspiegelten Regal und hielt sie mit fragendem Blick hoch. Ich nickte und beobachtete ihn dann, wie er locker aus dem Handgelenk zwei Gläser füllte.

»Du machst dich gar nicht schlecht hinter dem Tresen«, nuschelte ich mit vollem Mund. »Fast wie ein Profi.« Ich wiegte den Kopf hin und her. Ihn zu sehr zu loben, war vielleicht keine gute Idee. »Ein Semi-Profi.«

»Ich hatte eine Menge Übung auf Partys, als ich auf dem College war. Es ist zwar schon ein paar Jahre her und ich bin etwas eingerostet, aber so ganz verlernt man es wohl nie«, sagte er mit einem Lächeln, stellte eines der Gläser neben meinem Teller ab und nahm sich eine der Minipizzen. »Ich glaube, es gab damals keine Party, bei der ich nicht früher oder später hinter der Bar gelandet bin.«

Ich trank einen Schluck Whisky, der sich seinen Weg meine Speiseröhre hinunter brannte und den leisen Anflug von Nervosität vertrieb, weil Jensen in meiner Nähe war. Dabei gab es keinen Grund, nervös zu sein. Es war ja nicht so, als wäre er der erste Mann, von dem ich mich körperlich angezogen fühlte und mit dem ich ins Bett wollte.

»Tatsächlich? Warum nur habe ich das Gefühl, dass dein Einsatz hinter dem Tresen damals nicht ganz uneigennützig war?«

»Wie kommst du darauf?« In seinen Augen stand ein übermütiges Funkeln und ich ahnte, dass ich auf der richtigen Fährte war.

»Nun ja …«, ich steckte mir den Rest Cheeseburger-Muffin in den Mund, kaute, schluckte und putzte Krümel von meinen Fingerspitzen, »… du hast selbst gesagt, du bist ein Mann, der gelernt hat, seine Chancen zu nutzen. Und auf einer Studentenparty hat es, außer den angesagten Collegestars, keiner so einfach wie der Barkeeper, mit Frauen ins Gespräch zu kommen und mit ihnen zu flirten, während er ihre Drinks zusammenmixt. Wenn du dich nicht allzu dumm angestellt hast, wovon ich ausgehe, hast du am Ende einer jeden Party mindestens eine Frau in dein Bett bekommen, vielleicht sogar mehr als eine.« Ich leerte mein Glas und hielt es ihm entgegen, damit er es wieder auffüllte. »Liege ich ungefähr richtig?«

»Ungefähr richtig? Ziemlich genau getroffen, würde ich sagen.« Er kam um den Tresen herum und stellte die Flasche *Black Saddle* Whisky zwischen uns. Dann setzte er sich auf den Hocker neben mir, sodass sich sein Oberschenkel gegen meinen drückte, und sah mich eindringlich an. »Wer warst du auf Studentenpartys? Die sexy Barkeeperin in viel zu engen T-Shirts, die den anwesenden Männern den Kopf verdreht hat, oder das heiße Barkeepergroupie?«

Winzige Stromstöße zuckten von der Stelle, an der unsere Schenkel sich bei der kleinsten Bewegung aneinander rieben, direkt in meinen Unterleib und machten es mir schwer, einen klaren Gedanken zu fassen. An dem einen Whisky, den ich bisher getrunken hatte, lag es jedenfalls nicht, dass ich mich kaum auf die Unterhaltung konzentrieren konnte und nur noch von dem Gedanken beherrscht wurde, wie ich Jensen auf dem schnellsten Weg in mein Bett zerren konnte, ohne dass es verzweifelt wirkte.

»Weder noch, ich habe mich immer an die niedlichen Nerds gehalten, die sich auf die Partys verirrt haben.«

»Die Nerds?«, wollte Jensen überrascht wissen. »Warum?«

»Ist doch offensichtlich.« Amüsiert zählte ich an meinen Fingern ab: »Kaum bis gar keine Konkurrenz durch andere Frauen, weil die sich entweder an die Collegestars oder die Barkeeper gehalten haben. Die Gefahr, dass ein Nerd sich ins Koma säuft und keinen mehr hochbekommt oder sich übergibt, bevor es richtig interessant wird, war deutlich niedriger als bei einem der Partylöwen, die erst dann ein Ende gesehen haben, wenn sie kotzend in den Pool fielen. Das Beste an ihnen war jedoch, jeder von ihnen hat sich, wenn sie erst einmal etwas lockerer wurden, unglaublich viel Mühe gegeben, mich zu befriedigen.«

Ein ungläubiges Lachen kam über Jensens Lippen. »Wie bitte? Willst du etwa behaupten, Nerds, die nicht gerade dafür bekannt sind, dass sie ausgeprägte soziale Kompetenzen besitzen, sind die besseren Liebhaber?«

»Ich kann natürlich nur aus meiner Erfahrung sprechen, aber die Jungs, die ich mir rausgepickt habe, waren so dermaßen dankbar für die Aufmerksamkeit, die sie von mir bekommen haben, dass sie sich mit jeder Menge Ausdauer im Bett erkenntlich gezeigt haben.«

»Wie passt die Behauptung, die du gerade aufgestellt hast, mit dir und deinem Exfreund zusammen? Matt ist alles andere als ein Nerd und du bist eine intelligente Frau.«

»Wie kommst du darauf?«

»Weil nur eine Frau mit genug Grips den Mut haben würde, mir die Stirn zu bieten, wie du es getan hast.«

»Oder eine, die dumm genug ist, zu glauben, sie könnte es mit dir aufnehmen.«

Ich schob meinen Teller beiseite, weil mir plötzlich der Appetit vergangen war.

Wann immer ich mich mit dem Thema Matt Baker auseinandersetzte, musste ich mich unweigerlich auch mit den Fehlern auseinandersetzen, die ich selbst gemacht hatte. Denn so ganz unschuldig an dem Chaos, in das sich mein Leben verwandelt hatte, war ich nicht, auch wenn ich das gerne glauben wollte.

Matt mochte der ausschlaggebende Grund dafür gewesen sein, aber schlussendlich hatte ich die Entscheidungen getroffen, die mich in ein tiefes Loch gestürzt hatten. Erst als ich alles verloren hatte, was mir etwas bedeutete, war mir klargeworden, dass mit einem simplen Nein von mir, als er mich fragte, ob ich für sein Darlehen bei der Bank bürgen würde, alles anders gekommen wäre.

»Ich glaube nicht, dass dich das wirklich interessiert«, murmelte ich.

»Natürlich interessiert es mich, sonst würde ich nicht fragen, Süße«, antwortete er mit mildem Tadel in der Stimme und füllte unsere Gläser wieder auf.

Ich nahm mein Glas zwischen die Hände, fuhr mit einem Daumen über den silbernen Rand an der oberen Kante, ehe ich einen Schluck trank. »Das mit Matt und mir ist aus den falschen Gründen heraus entstanden«, sagte ich nach einem niedergeschlagenen Seufzen und sah aus dem Augenwinkel, wie Jensen kaum merklich nickte, als hätte ich gerade seine Vermutung bestätigt. »Ich habe ihn an einem absoluten Tiefpunkt in meinem Leben kennengelernt, eine Woche nachdem meine Großmutter Prue, bei der ich aufgewachsen bin, beerdigt wurde. Ich kam gerade von der Testamentseröffnung aus dem Büro ihres Anwalts und bin heulend in Matt hineingelaufen. Er hatte wohl Mitleid mit mir, hat sich um mich gekümmert, und ich war froh, dass ich nicht mehr allein war. Ich hatte zu dem Zeitpunkt niemanden, der mir genug Halt geben konnte. Prue war der letzte Rest, der von meiner Familie übriggeblieben war, nachdem mein Großvater zwei Jahre zuvor gestorben war. Und als sie dann auch noch weg war, kam mein bester Freund Chad dem, was man Familie nennt, noch am nächsten. Aber er war als Backpacker in Südamerika unterwegs und außer ihm hatte ich keine engeren Freunde, nur lockere Bekanntschaften und Kommilitonen.«

»Du hast in einer schwierigen Zeit jemanden gebraucht und Matt war rein zufällig da.«

»Ja.« Ich seufzte tief und starrte in das Glas zwischen meinen Händen, in dem sich die Eiswürfel langsam auflösten und zu einer winzigen Pfütze auf dem Glasboden wurden. »Ich habe mich an ihn geklammert, weil ich es nicht ertrug, allein zu sein. Irgendwann wurde daraus Dankbarkeit, die mich an uns festhalten ließ. Ich dachte, ich wäre es ihm irgendwie schuldig für die Zeit, in der er sich um mich gekümmert hat.«

»Du hast ihn nicht geliebt?«

Ich schüttelte den Kopf und teilte den Rest Whisky auf unsere beiden Gläser auf. In meinem Kopf jammerte ein leises Stimmchen, dass ich die vier Gläser spätestens am nächsten Tag bereuen würde, doch ich ignorierte sie. Schließlich fühlte ich mich noch lange nicht betrunken, nur wohlig entspannt und gleichzeitig ein klein wenig kribbelig, was allein an Jensens Gegenwart und nicht am Whisky lag.

»Anfangs nicht, nein. Da war er nur der Mann, mit dem ich ins Bett ging, um zumindest für eine Weile den Schmerz und die Angst vor dem Alleinsein auszublenden. Später ...«, ich zuckte mit den Schultern, »... ich denke schon. Irgendwie. Was auch der Grund war, wieso er mich in Schwierigkeiten bringen konnte. Ich fühlte mich ihm verpflichtet und glaubte, ich müsste mich dankbar zeigen und alles dafür tun, dass das mit uns funktionierte, weil er mich aufgefangen hatte. Das alles hat mich dazu gebracht, Entscheidungen zu treffen, bei denen ich von Anfang an das Gefühl hatte, sie sind falsch.«

»Du steckst wegen ihm in Schwierigkeiten?« Besorgt sah er mich an und in meiner Brust breitete sich ein warmes Gefühl aus, als würde ein Berg Schokolade schmelzen.

Auf seiner Stirn bildete sich eine steile Falte und ich konnte der Versuchung nicht mehr widerstehen. Ich lehnte mich Jensen entgegen, fuhr mit den Fingerspitzen über die tiefen Furchen, um sie zu glätten, und strich ihm eine schokobraune Haarsträhne aus der Stirn. Sie fühlte sich so weich an meinen Fingern an, wie ich vermutet hatte.

Als ich ihm wieder in die Augen sah, war der ernste Ausdruck aus seinem Blick verschwunden, stattdessen war da Verwunderung. Und unverhohlenes Begehren, das seine dunklen Augen wie im Fieber glänzen ließ und mich aus meiner verträumten Starre riss.

Hastig zog ich meine Hand zurück, als mir klar wurde, was ich tat. Dass ich mich ihm regelrecht aufdrängte und damit nicht besser war als Darla oder all die anderen Frauen, die ihm nachstellten.

»Antworte mir, Rory«, forderte er. »Steckst du in irgendwelchen Schwierigkeiten wegen diesem Idioten?«

Ich schüttelte den Kopf und wich seinem Blick aus, weil ich nicht fassen konnte, wie wenig ich mich unter Kontrolle hatte, wenn es um ihn ging.

»Nicht mehr. Bis auf ein paar Kleinigkeiten habe ich alles geregelt. Ich muss nur noch den Rest dieses dämlichen Darlehens loswerden, mit dem die Bar belastet ist. Danach kann es mit meinem Leben weitergehen, wie ich es geplant hatte, bevor ich Matt getroffen habe.«

»Und was hast du für dich und dein Leben geplant?«

Verwirrt sah ich ihn an. Warum wollte er das wissen? Das, was sich zwischen uns abspielte, basierte allein auf körperlicher Anziehung. Und egal, wohin es uns heute führte, morgen, spätestens in ein paar Tagen würde es für uns beide vollkommen bedeutungslos sein. Es spielte also keine Rolle, was ich für die Zeit danach geplant hatte, weil Jensen dann bereits meiner Vergangenheit angehören würde.

»Warum willst du das wissen?«

»Weil ich versuche, die Frau besser kennenzulernen, die sich hinter der Fassade der widerspenstigen Kratzbürste versteckt. Und ein erster guter Schritt dazu ist, indem du mir von dir erzählst.« Er sah sich in der Bar um. »In einer etwas privateren Umgebung als deiner Bar wäre es mir zwar lieber, aber ich nehme alles, was ich kriegen kann. Weil ich mittlerweile weiß, wie schwer es ist, von dir überhaupt etwas zu bekommen.«

»Wir beide wissen, dass meine Einladung zum Drink eigentlich eine Einladung in mein Bett war. Du kannst also nicht behaupten, du hättest es schwer, von mir zu bekommen, was du willst.«

Ich wollte nicht länger reden. Ich wollte nicht, dass er noch mehr über mich wusste, als ich bereits preisgegeben hatte. Denn je mehr er über mich herausfand und ich über ihn, je persönlicher es zwischen uns wurde, desto näher würde ich mich ihm vielleicht fühlen. Und das würde wiederum unausweichliche Komplikationen heraufbeschwören, auf die ich gut verzichten konnte. Alles, was ich von ihm wollte, was ich im Moment brauchte, war Sex. Nicht mehr und nicht weniger.

»Wenn dem so wäre, warum sind wir dann noch in deiner Bar und nicht bei dir zu Hause in deinem Bett? Ich mag Quickies, egal wo, aber von dir will ich mehr als einen schnellen Fick auf dem Bartresen, Kleines.«

Ich rutschte von meinem Hocker, nahm seine Hand und zog ihn mit mir auf die Tür zu, hinter der sich der Flur zu meinem Büro befand. »Wir sind bei mir zu Hause.«

KAPITEL 7

»Du lebst in deiner Bar?«, wollte Jensen verwundert wissen, nachdem ich ihn in mein Büro geführt und die Tür hinter uns geschlossen hatte.

»Perfekt, findest du nicht? Es ist alles vorhanden, was ich brauche – eine große und sehr gut ausgestattete Küche, Bad, Schlafzimmer, was gleichzeitig Büro ist. Ich habe den wohl kürzesten Weg zur Arbeit, den man sich vorstellen kann.«

Sein Blick glitt zur Schlafcouch vor dem Schreibtisch, auf dem das Bettzeug ordentlich zusammengefaltet an einem Ende lag, zu den neben den Regalen an den Wänden aufgestapelten Kartons und zurück zu mir. Ich wusste, was er sah, das, was ich seit Wochen jeden Tag sehen musste, sobald ich aufstand. Dass ich mehr oder weniger in einer tristen Abstellkammer lebte, auch wenn ich mich standhaft weigerte, es offen zuzugeben.

»Ich würde es nicht unbedingt ein Zuhaue nennen, Rory.«

»Ja, ich gebe zu, das Schlafzimmer könnte etwas geräumiger sein.« Ich wollte das Mitleid nicht, das in seinen Augen stand. Ich wollte, dass das Begehren zurückkehrte, dass er mich so hungrig ansah, dass ich glaubte, er würde mich jeden Augenblick verschlingen. Mein Herz raste, als ich eine Hand auf seine Brust legte, sie nach oben und in seinen Nacken gleiten ließ. Ich befeuchtete meine Lippen und sah zu ihm auf. »Aber es erfüllt seinen Zweck.«

»Ja, das tut es«, murmelte er, schlang einen Arm um meinen Körper und neigte den Kopf. Sanft saugte er an meiner Unterlippe, biss leicht zu und wilde Lust schoss durch mich hindurch, die den winzigen Schmerz verblassen ließ. »Das wird es«, hörte ich ihn noch knurren, dann verschloss er meinen Mund mit seinem.

Ich hatte gedacht, der Kuss auf der Straße, auch wenn er nur Show für Matt gewesen war, wäre nicht zu toppen, aber ich hatte mich geirrt. Jensens Lippen bewegten sich unglaublich sinnlich an meinen, drängten mich, mich für ihn zu öffnen und seiner Zunge Einlass zu gewähren, damit er den Kuss vertiefen konnte. Er schob mich rückwärts gegen die geschlossene Tür, legte seine Hände an meine Hüften und hob mich hoch, ohne den Kuss zu unterbrechen.

Ich schlang meine Arme um seinen Hals, meine Beine um seinen Körper und keuchte leise an seinem Mund, als ich seine Härte selbst durch die Stoffschichten, die uns trennten, an meiner Mitte spürte.

»Gottverdammt, Süße, du fühlst dich wundervoll an.«

Sein Bart kitzelte die zarte Haut an meinem Hals, als er sich an meinem Kinn entlang zu meinem Ohr knabberte. Er zupfte mit den Lippen am Ohrläppchen und gab ein Geräusch von sich, das halb Knurren und halb Stöhnen war und das heftige Schauer durch meinen Körper jagte.

Jensens Hände glitten an meinem Körper nach oben, schoben dabei den Stoff des T-Shirts zusammen und umfassten meine Brüste. Mit den Daumen zog er verführerische Kreise um meine Brustwarzen, bis sie sich zu harten kleinen Erbsen zusammenzogen, die sich unter der zarten Spitze des BHs abzeichneten.

»Bring mich ins Bett«, stieß ich schweratmend hervor und nestelte am Knoten seiner Krawatte herum. »Auf die Couch. Beeil dich.«

Ich wollte nicht länger warten, sondern Jensen ganz spüren. Auf mir und in mir. Überall. Oft genug hatte ich beobachtet, wie er andere Frauen in wimmernde Häufchen verwandelte. Jetzt war endlich ich an der Reihe und ich wollte es in vollen Zügen genießen. Ich wollte mich in dieser Nacht in ihm verlieren, in seiner und meiner Lust baden, bis ich glaubte, ich würde in unserem Verlangen nacheinander ertrinken.

Er hob den Kopf und löste das Band, mit dem ich meine Haare zusammengebunden hatte. Jensen schlang seine Finger in meine Haare und zog meinen Kopf in den Nacken, damit ich zu ihm aufsah. Unbändiger Hunger stand in seinen dunklen Augen.

»Bist du dir sicher?«, wollte er mit rauer Stimme wissen. Seine Brust hob und senkte sich unter schweren Atemzügen. Er presste seine Lippen auf meine und küsste mich gierig, dann zerrte er mir das T-Shirt ungeduldig über den Kopf und warf es beiseite. »Denn das solltest du dir sein.« Mit einem Fingerschnippen öffnete er den Verschluss meines BHs, streifte ihn von meinen Schultern und ließ ihn dem T-Shirt folgen, bevor er seine Hände auf meine Brüste legte und sie mit seinen kräftigen Fingern massierte. »Wenn ich dich erst einmal unter mir habe und in dir bin, dann gibt es kein Zurück mehr. Dann gehörst du mir.« Er neigte den Kopf, leckte über einen der verhärteten Nippel, saugte ihn tief in seinen Mund und schickte eine Welle glühender Lust in meinen Unterleib.

Ich nickte, löste meine Beine um seine Hüften, damit ich das Hemd aus seiner Hose ziehen konnte, und öffnete eilig die Knöpfe. Das Hemd flatterte hinter Jensen zu Boden und ich neigte mich vor, atmete tief seinen würzig männlichen Duft ein.

Meine Finger glitten über seinen Torso, folgten meinen Lippen und meiner Zunge, spürten den Muskelsträngen nach, die sich unter der glatten gebräunten

Haut bewegten. Als ich entschlossen den Knopf an seiner Hose öffnete, spannten sich die Muskeln seines Six-Packs an.

»Ich bin mir absolut sicher.« Ich sah auf und begegnete seinem Blick, der sich bis in meine Seele zu brennen schien, während ich den Reißverschluss seiner Hose mit einem leisen Ratschen öffnete. »Beweis mir, dass ich mit meiner Nerd-Theorie falsch liege«, forderte ich ihn heraus und schob mit beiden Händen seine Hose samt Boxer Briefs von seinen Hüften.

»Das werde ich, Süße.« Ein laszives Lächeln spielte um seine Lippen, als er mich rückwärts, am Schreibtisch vorbei und Richtung Couch drängte. Plötzlich hielt er inne, wandte den Kopf und runzelte die Stirn.

Ich folgte seinem Blick und hielt den Atem an, als ich sah, was er entdeckt hatte. Die Dartscheibe, auf der noch immer eines der Bilder von ihm mit Darla befestigt war. Mit jeder Menge Löcher, die von Dartpfeilen stammten und die sich im kleinsten Kreis sammelten, den ich mit einem schwarzen Marker um seinen Hintern gezogen hatte.

»Du hast Pfeile auf meinen nackten Arsch geworfen?«, erkundigte er sich neugierig und ich wusste nicht, was ich darauf erwidern sollte. Ob es etwas nützen würde, wenn ich sagte, dass Chad die meisten Dartpfeile auf ihn geworfen hatte? Wütend schien Jensen jedenfalls nicht zu sein, dass ich ihn als Zielscheibe benutzt hatte, eher amüsiert.

»Käme ich damit durch, wenn ich es abstreite und behaupte, dass ich absolut keine Ahnung habe, wie dieses Bild überhaupt an meine Dartscheibe kam?«

»Nein, auf keinen Fall lasse ich dich damit durchkommen.« Er schüttelte den Kopf, griff nach dem durchlöcherten Bild an der Dartscheibe und riss es herunter. Dann warf er es zerknüllt in den Papierkorb neben dem Schreibtisch und trieb mich weiter vor sich her, bis ich gegen die Couch stieß und mit einem überraschten Aufkeuchen darauf fiel. Jensen kniete sich über mich, packte meine Handgelenke und drückte sie über meinem Kopf auf die Couch. »Tut mir leid für dich, Baby, aber jetzt erwarte ich von dir auch dafür Wiedergutmachung«, brummte er und neigte den Kopf.

Mit Lippen und Zunge brannte er eine Spur von meinem Mund, über mein Kinn und meinen Hals hinab. Er biss mir in die Schulter, bevor er sich erst der einen und dann der anderen Brust ausgiebig widmete, über die Brustwarzen leckte, sie tief in seinen Mund saugte, bis ich mich lustvoll unter ihm wand.

»Jensen …«, stöhnte ich seinen Namen und bäumte mich ihm entgegen.

»Sag mir, was du willst«, murmelte er, während er sich an mir herabarbeitete, Küsse auf meinen Brüsten und meinem Bauch verteilte. Seine Finger erkundeten jede Wölbung und Vertiefung meines Körpers, streichelten über meine erhitzte Haut und hakten sich unter den

Bund meiner Jeans, nur um dort zu verharren und mich damit an den Rand des Wahnsinns zu treiben.

»Ich will dich, Jensen. Ich will dich nackt. Uns beide.« Ich verbrannte beinahe vor Wollust unter seinen Händen. »Ich will verdammt nochmal, dass du mich vögelst«, herrschte ich ihn an.

Seine Antwort bestand aus einem sexy rauen Lachen, weiteren Küssen, den Bund meiner Jeans entlang bis zu meiner Hüfte, die einzig und allein dazu dienten, mir den letzten Rest Verstand zu rauben.

»Deine Ungeduld gefällt mir.« Endlich streifte er die Jeans von meinen Beinen, hakte seine Finger unter die dünnen Bänder meines Höschens und zog es herunter. Für meinen Geschmack ließ er sich viel zu viel Zeit damit, marterte mich weiter, indem er seinen Mund auf die empfindlichen Innenseiten meiner Schenkel drückte, jedoch die Stelle ignorierte, wo ich ihn am meisten brauchte.

»Jensen ...« Meine Stimme war nur noch ein Wimmern.

»Ich weiß, Süße.« Er kauerte sich zwischen meine gespreizten Schenkel, küsste meine Leiste. »Ich brauche es genauso wie du. Ich will wissen, wie du schmeckst, will dich meinen Namen stöhnen hören, wenn du kommst«, murmelte er entrückt und presste seinen Mund auf mein pochendes Zentrum.

Ich stöhnte unterdrückt und krallte meine Finger in seine Haare, als seine Zunge durch meine Spalte fuhr.

Er zog immer engere Kreise um meine Perle, leckte und saugte an mir. Dann schob er erst einen Finger in meine Enge, nahm einen zweiten hinzu und spreizte sie mehrmals auseinander, bevor er mich mit ihnen fickte. Mein Unterleib zuckte Jensen entgegen, doch er hielt mich mit festem Griff auf der Stelle und trieb mich weiter gnadenlos auf den Höhepunkt zu. Er saugte stärker an meiner Klitoris, krümmte die Finger und traf tief in mir diesen besonderen Punkt, sodass mein Körper sich aufbäumte und ich mit einem erleichterten Stöhnen über die Klippe fiel.

Hektisch rang ich nach Atem, während Jensen sich von mir zurückzog. Das Blut rauschte in meinen Ohren, trotzdem hörte ich das Rascheln, als er seine Hose abstreifte, und das Geräusch von reißender Folie. Dann schob er sich auf einen Unterarm gestützt wieder über mich und verteilte sanfte Küsse über meine Schulter, den Hals hinauf. Mit der anderen Hand führte er seinen Penis, ließ ihn durch meine Spalte gleiten und befeuchtete ihn mit meiner Nässe, bevor er langsam in mich eindrang. Stück für Stück dehnte er mich, füllte mich vollständig aus, bis ich glaubte, sein praller Schwanz würde mich zerreißen. Vorsichtig zog er sich zurück und glitt wieder in mich hinein und das Gefühl, fast schon unangenehm weit gedehnt zu werden, verschwand, machte purem Vergnügen und alles verzehrendem Verlangen Platz.

»Jetzt gibt es kein Zurück mehr«, keuchte er, während er sich auf seine Hände stützte und mit kontrollierten

Bewegungen in mich stieß. Ich spürte das Zittern seiner Muskeln, sah wie die Sehnen an seinem Hals hervortraten und ahnte, dass es ihn unglaubliche Kraft kosten musste, nicht die Beherrschung zu verlieren. »Jetzt gehörst du mir. Und ich werde jede Sekunde davon genießen.«

»Jensen …« Ich grub meine Finger in seine Schultern, zog ihn zu mir herunter und presste meine Lippen auf seinen Mund, während ich meine Beine um seine Hüften schlang und seinen Stößen entgegenkam. »Halt dich nicht zurück.«

»Das kann ich sowieso nicht mehr, Süße.« Schwer atmend hielt er inne, löste meine Beine um seinen Körper und legte sie auf seinen Oberarmen ab. Er lehnte sich weiter vor und veränderte damit den Winkel seines Körpers, sodass bei jedem seiner Stöße mein Unterleib nach oben gedrückt wurde, ich ihn tiefer und viel intensiver in mir spürte.

Jensens Bewegungen wurden unkontrollierter, Schweiß perlte auf seiner Stirn und lief über seine Brust. Sein Blick brannte sich in meinen, während sich unsere Körper immer hektischer bewegten, sein Unterleib hart gegen meinen schlug. Stöhnend bohrte ich meine Finger in Jensens Oberarme, als sich die Lustspirale immer enger und enger zog und mich unaufhaltsam in die Tiefe saugte. Der Orgasmus schoss meine Wirbelsäule hinauf, explodierte in einem Meer an Farben in meinem Kopf und ich bäumte mich mit einem heiseren Aufschrei auf.

Jensen vergrub sich mit einem letzten harten Stoß in mir, ein Schauer lief durch seinen Körper, dann sackte er mit einem erleichterten Stöhnen auf mir zusammen. Schwerfällig rollte er sich von mir herunterrollte, zog mich in seine Arme und hangelte über mich hinweg nach der Decke mit dem grün-weiß gestreiften Überzug, die von der Couch auf den Boden gefallen war, und breitete sie über uns aus.

»Nicht einschlafen, wir sind noch lange nicht fertig miteinander«, murmelte er in meine zerstrubbelten Haare und entlockte mir damit ein Kichern. Wenn es nach mir ging, vorerst schon. Zumindest für die nächste halbe Stunde, vielleicht auch länger. Im Augenblick war ich jedenfalls gesättigt, befriedigt und fühlte mich bis in die letzte Faser meines Körpers ausgelaugt. Ich schmiegte mich an ihn, legte eine Hand auf seine Brust und lauschte mit geschlossenen Augen seinem kräftigen Herzschlag.

Ich hatte mit meiner Einschätzung von Jensen falsch gelegen. Sicherlich nicht mit allem, denn ich war noch immer fest davon überzeugt, dass er ein gefährlicher, wenn nicht gar rücksichtsloser Mann war. Oder es zumindest sein konnte, wenn sich ihm etwas oder jemand in den Weg stellte. Trotzdem hatte er es heute Abend geschafft, dass ich mich bei ihm so geborgen und sicher fühlte, wie es nicht einmal bei Chad der Fall war.

Ich schlang einen Arm um Jensens Mitte und ließ mich von seiner Hand, mit der er sanfte Kreise auf meinem Rücken beschrieb, einlullen. Das Letzte, woran ich dachte, bevor ich in den Schlaf driftete, war, dass Jensen mich und meine Vorstellung davon, was ich mir von einem Mann in meinem Bett wünschte, wahrscheinlich für eine sehr lange Zeit verderben würde.

KAPITEL 8

Ich wurde von dem leisen, aber trotzdem nervtötenden Klingeln eines Handys geweckt, das immer nur kurz aufhörte und dann wieder von vorne begann. Obwohl ich noch irgendwo zwischen Weiterschlafen und Wachwerden hin und her pendelte, war ich mir sicher, es war nicht meines, sondern Jensens Handy, das diesen Lärm verursachte. Der Mann, dessen Brust sich warm an meinen Rücken schmiegte, der mich mit beiden Armen umschlungen hatte und mich mit einem Bein über meinen auf der Stelle festhielt, als befürchtete er, ich könnte sonst verschwinden.

»Jensen«, grummelte ich vor mich hin und versuchte, mich aus seiner Umklammerung zu winden. Als es mir nicht gelang, stieß ich ihm einen Ellenbogen in die Rippen, damit er aufwachte.

Er brummte, zog mich enger an seinen Körper und schmiegte sein Gesicht in meine zerzausten Haare. »Vier Mal, Sweety«, murmelte er verschlafen. »Ich hab dir vier Mal bewiesen, dass ich besser als diese Nerds bin. Sei also nicht so gierig. Das fünfte Mal gibt es erst nach dem Frühstück.«

Wie bitte? Ich versteifte mich in seiner Umarmung und setzte zu einem bissigen Kommentar an, als ich sein raues sexy Lachen hörte. Jensen bewegte sich hinter mir und küsste mich auf die nackte Schulter, bevor er mich aus seiner Umarmung entließ und aufstand.

Ich hörte ihn fluchen, weil er auf dem Weg zum Lichtschalter gegen einen Karton stieß. Weiteres Rumpeln, noch ein derber Fluch, dann flammte das grelle Licht der Deckenlampe auf und ich kniff die Augen zu. Jeden Morgen nahm ich mir vor, meine Nachttischlampe, die wärmeres Licht verströmte, aus den Kartons herauszusuchen, und jeden Tag tat ich es doch wieder nicht.

Mit einem Seufzen drehte ich mich auf die andere Seite und blinzelte gegen die Helligkeit an. Dann beobachtete ich Jensen, wie er das Durcheinander an Kleidungsstücken auf dem Boden durchsuchte. Mein Blick glitt über seinen Rücken, der genauso trainiert war wie der Rest von ihm. Kräftige Muskelstränge bewegten sich unter der straffen Haut, während Jensen seine Hose aufhob und sie nach seinem Handy abtastete. Das Klingeln verstummte erneut und setzte kurz darauf wieder ein. Da wollte scheinbar jemand wirklich dringend mit ihm reden. Er zog das Handy aus einer der Taschen und nahm den Anruf an.

»Was gibt es, Großer?«, sagte er und kam zu mir zurück. »Müsstest du nicht schon auf dem Weg nach New York sein? Jetzt sag bloß nicht, du hast etwas Wichtiges vergessen und ich muss dir den Hintern retten. Das wäre eine Premiere, das weißt du.«

Großer? Das konnte nur bedeuten, dass am anderen Ende sein älterer Bruder war. Logan Mercer. Die Nummer Eins von *Mercer Enterprises*.

Jensen setzte sich auf die Kante der Couch, zupfte mit einem verruchten Lächeln an der Decke, in die ich mich gewickelt hatte, und wackelte mit den Augenbrauen. Empört klopfte ich ihm auf die Finger und wies auf das Handy, das er sich ans Ohr hielt.

»Wie … krank?« Er runzelte die Stirn und setzte sich aufrechter hin. Vergessen war die neckische Spielerei mit mir. »Was ist mit ihr?«, wollte Jensen besorgt wissen.

Ich setzte mich auf und klemmte die Decke unter meinen Achseln fest. Dabei hörte ich die Worte »Grippe« und »halsstarrige Frau« und »weigert sich, im Bett zu bleiben«. Jensens Bruder fluchte vor sich hin, dann hörte ich ihn rufen: »Wenn du auch nur einen Fuß in den Flur setzt, binde ich dich am Bett fest, Lauren.«

»Kümmere du dich um Lauren, ich fliege nach New York und übernehme deine Termine«, sagte Jensen, beendete das Gespräch und wandte sich mir wieder zu. Sein Blick schweifte bedauernd über mich hinweg, verweilte kurz auf Höhe meiner Brust, bevor er mir ins Gesicht sah. »Sieht so aus, als müssten wir das gemeinsame Frühstück verschieben. Ich muss nach New York.«

»Das habe ich gehört.«

Ich lächelte tapfer und ignorierte das nagende Gefühl in meinem Inneren. So schnell war es also wieder vorbei, die Nacht, die Zeit mit Jensen. Dabei sollte ich froh sein, dass die Frau seines Bruders krank war. Natürlich nicht, *dass* Lauren krank war, sondern dass sie mir mit ihrer Grippe und einem überfürsorglichen Mann an ihrer Seite einen peinlichen Abschied von Jensen ersparte. Kurz und schmerzlos, das war immer die beste Option.

»Mach dir keine Gedanken, ich frühstücke ohnehin nur selten. Meistens reicht mir ein Kaffee.« Ich wedelte ihn mit einer Hand Richtung Tür und tat so, als würde mir das abrupte Ende unserer gemeinsamen Nacht nicht das Geringste ausmachen. »Du musst einen Flug erwischen.«

Jensen presste die Lippen zu einem schmalen Strich zusammen und schien verstimmt, sagte jedoch nichts und fing an, seine Kleidung überzustreifen. Er schloss den Reißverschluss seiner Hose, schlüpfte in das zerknitterte Hemd und schloss die Knöpfe. Dann zog er seine Brieftasche aus seiner Hose, entnahm ihr eine Visitenkarte und kritzelte mit einem Kugelschreiber etwas auf die Rückseite, bevor er sie auf meinen Schreibtisch legte.

»Ruf mich an, wann immer du willst, Rory. Oder schreib mir eine Nachricht.« Er kam zurück zur Couch, setzte sich wieder auf die Kante und legte eine Hand an meinen Hals. Sanft strich er mit dem Daumen über die Linie meines Unterkiefers, während er mich unverwandt ansah. »Sag mir, dass du dich bei mir melden wirst.«

»Jensen, ich …«

Die Tür schwang auf, Chad platzte herein und enthob mich so einer Antwort, die Jensen wahrscheinlich nicht gefallen würde. Er schob sich mit dem Rücken zu uns an der Kartonpyramide vorbei, balancierte dabei zwei Tassen Kaffee in den Händen und plapperte munter vor sich hin, ohne sich umzusehen. »Aufstehen, Zuckerschnute, in der Küche wartet ein Haufen Arbeit auf uns.« Er wandte sich um und erstarrte, als er Jensen neben mir auf der Couch sitzen sah. Seine Lippen formten ein erstauntes »O«, dann wich er langsam zurück, als befände er sich mitten auf einem Minenfeld und wollte unter keinen Umständen einen falschen Schritt machen.

»Tut mir leid. Wenn ich geahnt hätte … Ach, verdammt! Ich bin schon wieder weg, okay? Macht einfach da weiter, wo ich euch unterbrochen habe.«

»Schon gut, Chad«, sagte ich. »Du hast uns bei nichts unterbrochen, Jensen will sowieso gerade gehen.«

»Nein, will ich nicht, ich *muss* gehen.« Er neigte sich vor und presste seine Lippen in einem harten Kuss auf meinen Mund, bevor er aufstand und versprach: »Und ich werde wiederkommen, Rory. Ich bin in zwei, vielleicht drei Tagen zurück.«

Jensen war nicht nach zwei oder drei Tagen zurück. Seit der Nacht mit ihm waren mittlerweile fünf Tage vergangen und es fiel mir noch immer schwer, nicht auf sein Angebot einzugehen. Eigentlich wäre es ganz einfach, ich bräuchte nur mein Handy in die Hand nehmen und ihm eine Nachricht schicken oder ihn anrufen und würde wieder seine Stimme hören, nach deren Klang ich mich inzwischen schon mehr sehnte, als gut für mich war. Aber ich durfte es nicht, wegen dem, was dann vielleicht mit mir geschah. Dass aus der bloßen Sehnsucht nach ihm, die ich jetzt verspürte, früher oder später tiefere Gefühle wurden, die er nicht erwiderte, weil Jensen war, wie er war.

Ein Mann wie er ließ Frauen sich Dinge wünschen, die über das reine Bedürfnis nach Sex hinausgingen, die er ihnen jedoch niemals geben würde. Denn ein Mann wie er band sich nicht an eine einzige Frau. Wozu auch? Dort draußen warteten hunderte Darlas auf ihn.

Im Augenblick mochte ich auf Jensen noch einen gewissen Reiz ausüben, aber der würde sich sicherlich bald verflüchtigen. Und so sehr ich einerseits hoffte, er würde tatsächlich noch einmal zu mir kommen, so sehr hoffte ich andererseits, er würde es nicht tun. Damit ich das Kapitel Jensen Mercer nach der einen gemeinsamen

Nacht zwar wehmütig, aber nicht am Boden zerstört hinter mir lassen konnte.

Mit einem niedergeschlagenen Seufzen verteilte ich Reinigungsmittel auf den beiden Waschbecken in der Männertoilette, stellte die Sprühflasche zurück in den Eimer mit den Reinigungsutensilien und schrubbte die Keramik mit einem groben Schwamm.

»Du machst das richtig gut«, hörte ich Chad hinter mir sagen und schaute über meine Schulter.

Mein Freund lehnte am Rahmen der offenstehenden Tür zu den Männertoiletten und saugte an einem Strohhalm, der in einem großen Glas Latte macchiato steckte.

»Das ist eklig«, sagte ich angewidert und schrubbte weiter die bereits blitzsaubere Keramik.

»Mein Reden. Deswegen bin ich auch so froh, dass du das kürzere Streichholz gezogen hast und das Putzen übernehmen musstest.«

So, wie ich in den letzten Tagen ständig das kürzere Streichholz gezogen hatte und damit den Toilettenputzdienst, während Chad sich um das Auffüllen der Bestände hinter dem Bartresen kümmerte.

»Ich meinte eigentlich, es ist eklig, dass du auf dem Männerklo deinen Kaffee trinkst. Dort draußen gibt es einen Bartresen mit Hockern, einen Gastraum mit sicherlich einigen freien Tischen, und an jeden einzelnen davon könntest du dich setzen.«

»Normalerweise würde ich das tun und dabei Wills Gesellschaft genießen oder die der Handvoll anwesender

Gäste, anstatt dich dabei zu beobachten, wie du trübsinnig vor dich hinstarrst, aber nicht heute, meine Hübsche. *No way*, dass ich auf diese Show verzichten werde.«

Ich spülte den Schwamm unter klarem Wasser aus, warf ihn in den Putzeimer und zog mir mit einem Schnalzen die Gummihandschuhe von den Händen.

»Von welcher Show redest du?«

Chad lehnte sich ein Stück zurück, sah den Flur entlang und wandte sich mir dann mit einem Grinsen wieder zu, das man nur als hinterhältig bezeichnen konnte und das sämtliche Alarmglocken in meinem Kopf schrillen ließ. Er trat einen Schritt zur Seite und machte Platz für einen grimmig dreinblickenden Jensen.

Ah … *diese* Show.

Ich erdolchte Chad an Jensen vorbei mit meinem Blick, dafür, dass er mich nicht vorgewarnt hatte, den er jedoch nur mit einem Luftkuss erwiderte, bevor er wieder am Strohhalm saugte. Dann sah ich abwartend zu Jensen, der mir heute noch beeindruckender erschien als beim letzten Mal, als ich ihn gesehen hatte, fast schon einschüchternd.

Der blauschwarze Anzug, zu dem die königsblaue Seidenkrawatte um seinen Hals einen tollen Kontrast bildete, stand ihm hervorragend. Die maßgeschneiderte Jacke betonte seine breiten Schultern, trug jedoch nicht auf. Neben ihm kam ich mir in meiner Jeans im used-Look und dem schwarzen *BIG Bar*-T-Shirt regelrecht schäbig vor.

»Du bist zurück«, sagte ich, weil mir nichts Besseres einfiel, und warf die Gummihandschuhe in den Putzeimer.

»Ja, bin ich. Aber das wüsstest du, wenn du dich in den letzten Tagen nur ein einziges Mal bei mir gemeldet hättest.«

Ich verkniff mir den Kommentar, dass er sich genauso bei mir hätte melden können. Vielleicht hatte er das sogar und war von Chad, dieser hinterhältigen und im Augenblick völlig nutzlosen Karikatur eines besten Freundes, abgewimmelt worden. Ich wusste es nicht, wagte es aber auch nicht, ihn danach zu fragen, weil ich mich damit eventuell in eine noch schlechtere Position bringen und seinen Unmut anstacheln könnte.

»Warum hast du dich nicht bei mir gemeldet, Rory?«

Penetrantes Strohhalmgeschlürfe hallte aus dem Flur zu uns herüber, dann folgte wie aus dem Äther ein Gemurmeltes: »Das würde ich auch gern wissen.«

Jensen atmete tief durch, trat einen Schritt beiseite und schloss die Tür, sodass wir beide allein waren. »Bei diesem Gespräch will ich deinen Freund nicht dabeihaben.«

»Wenn man es genau nimmt, gibt es zwischen uns doch gar nichts zu bereden, Jensen. Du hast von mir bekommen, was du wolltest.«

»Meinst du damit die Wiedergutmachung, die ich von dir gefordert habe? Dann irrst du dich gewaltig, Süße. Denn du hast noch nicht einmal angefangen, mich für die öffentliche Demütigung zu entschädigen.« Er griff in seine Jackentasche und zog ein zerknittertes Foto heraus, an dessen Ränder Klebebandreste hingen. »Bis vor fünf Minuten hing mein Foto noch immer gut sichtbar an deiner Tür. Wenn du irgendetwas hättest wiedergutmachen wollen, hättest du damit angefangen, indem du dieses Foto entfernst.«

Ich verschränkte die Arme vor der Brust und funkelte ihn an. »Ich habe nur vergessen, es abzunehmen.«

»Lass dir eine bessere Ausrede einfallen oder versuch es mit einer ehrlichen Antwort.« Ein Lächeln spielte um seine Mundwinkel, als er näherkam und mich rückwärts drängte, bis ich die geflieste Wand kalt an meinem Rücken spürte, während die Wärme, die sein Körper selbst durch den Anzug abstrahlte, meine Front zu versengen schien. »Hast du an mich gedacht, während ich in New York war?«, wollte er wissen. »Mich vielleicht sogar ein wenig vermisst?«

»Nein«, antwortete ich hastig, möglicherweise etwas zu hastig.

»Du lügst.« Das konnte er gar nicht wissen, oder? »Wie oft wolltest du in den letzten fünf Tagen dein Handy in die Hand nehmen und mich anrufen?«

Ich schluckte gegen die plötzliche Enge in meiner Kehle an und leckte über meine Lippen. »Warum willst du das wissen?«

»Antworte mir, Rory. Wie oft?«

»Kein einziges Mal.«

Dutzende Male.

»Du lügst schon wieder.« Er kam noch näher, der Duft nach Kräuterseife und Jensen hüllte mich ein, legte sich auf meine Sinne und ich unterdrückte mit Mühe ein Seufzen. »Wie oft hast du eine Nachricht für mich getippt, sie aber dann nicht abgeschickt?«

»Gar nicht.«

20, 25 Mal, vielleicht auch öfter. Ganz sicher öfter.

»Und wieder eine Lüge.« Jensen legte eine Hand an meine Wange und strich mit dem Daumen zärtlich über mein Jochbein. »Wenn ich in diese wunderschönen, smaragdgrünen Augen sehe, weißt du, was ich dann sehe?«

Ich schüttelte den Kopf und legte ihm meine Hände auf die Brust. Ich war mir nicht sicher, ob ich ihn wegstoßen oder zu mir heranziehen sollte. Alles in mir schrie danach, meine Finger in den Stoff seines Jacketts zu krallen und ihn zu mir zu ziehen, meine Arme um ihn zu schlingen und festzuhalten. Doch die kleine Stimme, die im hintersten Winkel meines Kopfes hockte, befahl mir das Gegenteil. Damit ich nicht in ein unendlich tiefes Loch fiel, sobald Jensen genug von mir hatte und ihm der Sinn nach einem anderen Abenteuer, einer anderen Frau stand. Nie zuvor hatte ich mich so zerrissen gefühlt wie in diesem Augenblick.

»Ich sehe Begehren, aber ich sehe auch Verwirrung und Unsicherheit, weil du nicht weißt, was du von der Situation halten und wie du mit ihr umgehen sollst. Die eine Nacht war dir nicht genug, sie ist uns beiden nicht genug. Du willst mich, du willst von mir flachgelegt werden, aber du weigerst dich, es dir und mir einzugestehen. Lieber belügst du uns beide.«

»Dann fühle ich mich eben sexuell zu dir hingezogen«, gab ich widerwillig zu.

»Endlich mal keine Lüge.« Er neigte sich herab, strich mit den Lippen über meinen Mund, nahm meine Unterlippe zwischen die Zähne und saugte an ihr. »Vielleicht sollte ich jedes Mal, wenn du versuchst, mich zu belügen, dich einfach so lange küssen, bis dir die Luft ausgeht. Damit du dir keine weiteren Ausflüchte mehr einfallen lassen kannst.«

Ich öffnete den Mund, um etwas zu sagen, doch Jensen verschloss ihn mit seinen Lippen. Seine Zunge glitt zwischen meine Zähne und er vertiefte den Kuss, während er mich eng an seinen Körper presste und mich seine Erregung spüren ließ.

Ich spürte seinen Herzschlag an meinen Handflächen, genauso hektisch wie mein eigenes Herz in meiner Brust pumpte. Mein Kopf fühlte sich an wie mit Watte vollgestopft, ich war zu keinem klaren Gedanken mehr fähig, obwohl ich wusste, dass ich bei Verstand bleiben musste und mich von ihm nicht einlullen lassen durfte.

»Und jetzt sag mir …«, murmelte Jensen zwischen zwei Küssen an meinem Mund und löste damit den Bann, in dem ich gefangen war, »… willst du mich?«

Darauf konnte es nur eine Antwort geben.

»Ja.« Wilder Triumpf loderte in seinen Augen auf. Ich

drückte mich von ihm weg, atmete tief ein und sah Jensen um Verständnis bittend an. »Ich möchte trotzdem, dass du gehst.«

Sein Blick brannte sich in meinen, ungläubig erst, dann wütend, doch ich hielt ihm Stand. Was blieb mir auch anderes übrig? Ich hatte ihm erneut einen Fehdehandschuh hingeworfen und betete inständig, er möge ihn nicht aufnehmen, sondern sich dieses Mal geschlagen geben und einfach nur gehen.

Jensen trat einen Schritt zurück und betrachtete das zerknitterte Foto in seiner Hand. Dann nickte er bedächtig. »Du willst also neue Regeln aufstellen? Okay, dann tun wir das, Süße.« Das samtige Braun seiner Augen wirkte plötzlich kalt, sein Blick unnachgiebig. »Wenn du mich wirklich willst, dann wirst du nächstes Mal zu mir kommen müssen. Du weißt, wo du mich findest.«

KAPITEL 9

›Es tut mir leid.‹

Mein Daumen schwebte über dem »Senden«-Button, doch ich zog ihn zurück und löschte die Nachricht. Genauso, wie ich in den letzten drei Tagen jede einzelne Nachricht an Jensen wieder gelöscht hatte. Weil ich noch immer hin und her gerissen war und nicht wusste, ob ich es wagen konnte, mich auf mehr als die eine Nacht mit ihm einzulassen.

Ich wusste nicht einmal, wofür genau ich mich mit ›Es tut mir leid.‹ bei ihm entschuldigen wollte. Dass ich ihn fortgeschickt hatte? Oder mich noch nicht bei ihm gemeldet hatte? Wahrscheinlich lohnten sich die Gedanken, die ich mir deswegen gerade machte, nicht einmal mehr, weil er sich schon längst mit einer anderen über meine letzte Abfuhr hinweggetröstet hatte.

»Ist alles okay?«

Mein Kopf ruckte hoch und ich sah zu Chad, der in der offenen Tür zur Küche stand. An seiner Jeans baumelte ein Geschirrhandtuch herab, das er sich seitlich in den Bund geklemmt und offensichtlich dort vergessen hatte.

Ich steckte das Handy in die Hosentasche und nickte. »Ja, alles bestens.«

»Nein, ist es nicht.«

»Wenn du das so genau weißt, warum fragst du dann überhaupt?«

»Keine Ahnung.« Chad zuckte mit den Schultern, kam näher und lehnte sich mit vor der Brust verschränkten Armen gegen die Arbeitsfläche des Bartresens. »Vielleicht, um dich daran zu erinnern, dass ich dein bester Freund bin, ein guter Zuhörer und vor allem ein Mann. Wer, wenn nicht ich, kann dir sagen, wie Männer ticken? In deinem Fall spreche ich natürlich von einem ganz speziellen Mann – zirka 1,90 Meter, hammermäßiger Body, braune Augen, dunkle Haare, sexy Bart …«

»Ich weiß, wie Jensen aussieht«, sagte ich und verdrehte die Augen.

»Und ich bin verdammt neidisch auf dich.« Chad streckte einen Arm nach mir aus und zog mich in eine Umarmung, als wüsste er, dass ich im Augenblick jemanden zum Anlehnen brauchte, es aber nicht aussprach und deswegen hatte er die Initiative übernommen. Ich schlang meine Arme um ihn und lehnte meinen Kopf gegen seine Brust. »Auch wenn das natürlich nichts daran ändert, dass der Kerl verrückt nach dir ist. Was ich irgendwie verstehen kann.«

»Irgendwie? Du hast eine komische Art, mich aufzubauen«, sagte ich und lachte.

»Es ist meine Art, also leb damit, Baby.«

Ich räusperte mich und setzte eine ernste Miene auf. »Ich hab dich auch gern.«

»Sehr gut. Und jetzt versprich mir, dass du nichts überstürzt, egal worum es geht. Kurzschlussreaktionen liegen dir nicht und ich habe das Gefühl …«

Die Tür öffnete sich, ich löste mich aus Chads Umarmung und sah der sehr zierlichen Blondine entgegen, die gerade die Bar betrat. Ihr Alter war schwer zu schätzen, denn sie wirkte wie ein Teenager, trug jedoch eine weiße Bluse zu einer schwarzen Stoffhose, woraus ich schloss, dass sie wahrscheinlich Anfang zwanzig war und in einem der umliegenden Geschäftsgebäude arbeitete. Neugierig sah sie sich im Gastraum um, der kurz nach Ladenöffnung meistens menschenleer war, bevor sie auf den Bartresen zusteuerte, hinter dem Chad und ich standen.

»Sieht aus, als müssten wir dieses Gespräch verschieben.« Chad wies mit dem Kopf auf die Blondine und murmelte: »Vergiss nicht, dir ihre ID zeigen zu lassen, ansonsten bekommt sie nur Saft oder einen Tee.«

»Hallo«, begrüßte ich sie lächelnd, als sie an den Bartresen trat. »Was kann ich für Sie tun?«

»Hi, ich bin Sidney ...«, sagte sie und lächelte zaghaft, »... und ich hoffe, Sie können mir vielleicht helfen. Ich organisiere die Eröffnungsparty für die »Sunshine-Kids«-Kinderbetreuung zirka 300 Meter von hier die Straße rauf.«

»Und wie sollen wir Ihnen helfen? Möchten Sie bei uns Flyer für die Kinderbetreuung auslegen?«

»Ich brauche jemanden, der mir mit dem Buffet hilft. Die Eröffnungsfeier wird nichts Großes, nur ein kleiner Empfang, locker und ungezwungen.«

»Soll das Buffet für Erwachsene und Kinder ausgestattet werden?«

»Ja, hauptsächlich für Kinder. Kann ich auf Sie zählen?« Hoffnungsvoll sah sie mich an.

Chad nahm sich einen Notizblock und schrieb den Namen der Kinderbetreuung auf. »Wie viele Erwachsene und Kinder werden erwartet und wann genau brauchen Sie das Buffet?«

Sie sah auf ihre Uhr. »In nicht ganz fünf Stunden, um 17:00 Uhr.«

»Das ist ein Scherz, oder?«

Sidney sackte in sich zusammen und sah aus, als wollte sie bei Chads ungläubiger Frage gleich in Tränen ausbrechen. »Ich habe wirklich an alles gedacht, Infobroschüren, Präsentationsmappen, Personal, Dekoration, Willkommenspräsente, eine Bar für die Erwachsenen und eine für die Kinder, eine Obstbar, eine Keksbar, jede Menge kleinere Wettbewerbe, einen Cowboy, eine

Prinzessin. Clowns wollte ich nicht, die sind gruselig. Ich habe sogar jeden kleinen Gewinn hübsch eingepackt. Schließlich stehen Kinder darauf, etwas auswickeln zu können. Das Einzige, woran ich nicht gedacht habe, ist das Buffet.« Ihre Augen schwammen mittlerweile in Tränen. »Ich hab es in der Hektik anscheinend vergessen, dabei vergesse ich sonst nie etwas.«

»Schon okay«, beruhigte ich Sidney in ihrem verzweifelten Redeschwall mit einem Lächeln. »Wenn Sie kein Problem damit haben, dass wir auf die Schnelle das Buffet hauptsächlich mit verschiedenen Mini-Sandwiches, vielleicht ein paar Kanapees, Cheeseburger-Muffins, Fleischbällchen-Spieße und BBQ-Chicken-Drumsticks ausstatten, helfen wir Ihnen gern.«

»Das wäre perfekt, die Kinder wären begeistert.«

Die Kinder würden begeistert sein, Sidney war es bereits, nur Chad sah alles andere als begeistert aus, als unsere Auftraggeberin die Bar verließ. Und ich … na ja, meine Begeisterung erhielt in dem Augenblick einen Dämpfer, als ich mir die Visitenkarte, die Sidney mir zum Abschied gegeben hatte, genauer ansah und herausfand, dass die Geschäftsführerin der Kinderbetreuung Eve Mercer hieß.

»Verdammt, Rory, wir haben nicht einmal fünf Stunden, um dieses Buffet vorzubereiten. Wenn man es genauer betrachtet, dann haben wir nur vier Stunden, wir müssen den ganzen Kram bei den »Sunshine-Kids« ja auch noch einigermaßen präsentabel aufbauen, damit es zumindest den Anschein eines professionellen Buffets erweckt. Wie konntest du den Auftrag nur annehmen?« Chad machte keinen Hehl daraus, was er von meiner Zusage hielt. Die ich jetzt, nachdem ich wusste, für wen wir das Buffet ausrichteten, selbst bereute. Auch wenn ich das Chad gegenüber nicht zugeben würde.

»Sidney braucht nur ein kleines Buffet, ohne aufwendigen Schnickschnack. Das schaffen wir schon«, gab ich mich zuversichtlich. »Außerdem hilft man sich unter guten Nachbarn, das müsstest du doch wissen. Und diese Kinderbetreuung ist sozusagen unser neuer Nachbar. Also sei nett zu ihnen. Wer weiß, vielleicht brauchst du irgendwann auch mal deren Hilfe.« Ich nahm das Telefon von der Station. Wenn wir den Auftrag in aller Eile durchziehen wollten, brauchten wir Will, Mae und Carly als Verstärkung.

»Womit sollte eine Kinderbetreuung mir denn aushelfen?«

»Ein paar Stunden gratis Kinderbetreuung.«

»Ich habe keine Kinder.«

»Du könntest aber irgendwann welche haben.«

Chad sah mich mit gerunzelter Stirn an, als fragte er sich gerade, ob ich noch ganz bei Trost war. »Ich stehe auf Kerle. Ich werde niemals Kinder haben.«

»Du stehst aber auch auf Frauen, hin und wieder zumindest. Also wäre es rein theoretisch möglich. Und wenn du dich am Ende doch für einen Mr. Right entscheiden solltest, könntet ihr noch immer welche adoptieren.«

»*Rory!*«

»Okay, dann versuche ich es anders.« Ich tippte Wills Nummer ins Telefon und hielt es mir ans Ohr, während ich flehentlich zu meinem Freund aufsah. »Du magst doch Kinder, Chad, oder?«

»Klar, mag ich die kleinen Scheißer. Die meisten Menschen mögen Kinder.«

»Dann tu es …«, ich schniefte theatralisch und blinzelte hektisch, »… für die Kinder.«

»Das war billig.« Chad nahm seinen Notizblock von der Arbeitsfläche. »Und dafür schuldest du mir was. Ich weiß zwar noch nicht was, aber irgendetwas schuldest du mir.« Er drückte die Tür zur Küche auf und murrte leise vor sich hin: »Ich könnte wetten, diese »Sunshine-Kids«-Betreuung hat uns mit Absicht ihre niedlichste und am hilflosesten wirkende Mitarbeiterin geschickt. Kein Wunder, dass da nicht einmal eine Frau Nein sagen kann.«

Unter Hochdruck stellten wir das Buffet für die Eröffnungsfeier zusammen und plünderten dafür einen Großteil der Vorräte der Bar, sodass die Küche für den Abend geschlossen bleiben würde. Alles war genau durchgeplant. Während Chad und ich das Buffet in der Kinderbetreuung übernahmen, es ausstatten, dekorierten und die Gäste bedienten, kümmerten sich Will, Mae und Carly um die *BIG Bar*.

Ich schichtete Servietten neben einen Stapel Teller, kontrollierte die Temperatur der Warmhalteplatten, auf denen unter den Hauben die BBQ-Chicken-Drumsticks lagen, und drehte mich mit einem zufriedenen Lächeln zu Chad um, der ein paar Luftschlangen um die Platten mit den Mini-Sandwiches verteilte.

»Wer hätte das gedacht?« Ich sah auf meine Uhr. »Wir sind sogar zehn Minuten vor der Zeit fertig.«

Chad schnaubte gereizt. »Ist das ein Wunder, nachdem du uns in den vergangenen vier Stunden gescheucht hast wie ein ägyptischer Kameltreiber?«

Das war nicht das Einzige, was ich in den letzten vier Stunden getan hatte. Denn zum ersten Mal seit Tagen hatte ich es geschafft, Jensen für mehr als ein paar Minuten am Stück aus meinen Gedanken zu verbannen, weil ich mich voll und ganz auf den Auftrag konzentrierte. Und das, obwohl ich wusste, dass er bei der Eröffnungsfeier anwesend sein könnte.

Ich sah mich nach Sidney um, die schon die ganze Zeit wie ein Wiesel von Station zu Station huschte, die in den farbenfrohen Räumen im Erdgeschoss der Einrichtung aufgebaut worden waren, und alles kontrollierte. Beim letzten Mal, als sie an uns vorbeigelaufen war, hatte sie eine goldgelockte Prinzessin vor sich her getrieben, die ihr himmelblaues Ballkleid mit beiden Händen anheben musste, damit sie schneller laufen konnte.

Mein Blick blieb an einem Paar im offenen Eingangsbereich hängen und mein Herzschlag geriet ins Stolpern, nur um im nächsten Augenblick wie ein Hochleistungsmotor zu rasen. Zwar sah ich ihn nur von hinten, aber die Statur, die Haarfarbe und –länge, selbst die lässige Art, mit der er sich bewegte und eine Hand in die Hosentasche steckte, während er die andere über den Rücken einer Schönheit mit kupferblonden Locken gleiten ließ. Das war … nicht Jensen, stellte ich erleichtert fest, als der Mann sich zur Seite drehte und neugierig umsah. Unsere Blicke trafen sich, er musterte mich kurz und sah dann lächelnd auf seine Begleitung herab.

Es war nicht Jensen, sondern ganz offensichtlich sein Bruder Logan Mercer, der ihm unheimlich ähnlichsah – nur dass er keinen Bart trug – und der dort im Eingangsbereich stand und gerade von Sidney begrüßt wurde. Mehrere Kinder im Alter von fünf oder sechs Jahren drängelten sich an dem Paar vorbei, stoben in alle Richtungen davon und erkundeten die Räume der Kinderbetreuung.

Weitere Gäste folgten, dann trat Jaxon McCallum durch die Tür. Seine Haare sahen aus, als hätte er versucht, sie mit seinen Fingern zu kämmen und wäre dabei kläglich gescheitert. Ich sah zu der Frau mit kastanienbraunen Haaren, um die er einen Arm geschlungen hatte, die lächelnd auf ihn einredete, in diese und jene

Richtung wies, als würde sie ihm etwas erklären. Das musste Eve Mercer sein, denn Sidney lief auf sie zu und erstattete ihr wie ein eifriger kleiner Soldat Bericht.

Ich wandte mich ab und half Chad, die letzte Dekoration zu verteilen, bis ich von hinten angesprochen wurde. »Rory Hanson?«

»Ja?« Ich drehte mich um, sah auf und in ein Paar himmelblaue Augen.

»Schön, Sie kennenzulernen. Oder darf ich Du sagen? Ich bin Eve Mercer«, begrüßte sie mich und nahm mit einem Nicken einen Martini von einem Kellner entgegen. Dann ließ sie ihren Blick anerkennend über die Platten mit den Mini-Sandwiches und Kanapees schweifen, von denen McCallum sich bereits bediente. »Sidney hat mir gesagt, dass du sehr kurzfristig eingesprungen bist und dich um das Essen gekümmert hast. Vielen Dank dafür.«

McCallum nahm Eve den Martini aus der Hand und stahl sich von ihr einen schnellen Kuss, als sie ihn aus zusammengekniffenen Augen anfunkelte.

»Kein Problem. Wir sind schließlich so etwas wie Nachbarn, da hilft man sich gegenseitig aus.«

»Dann fällt nach deiner Definition »Hausverbot erteilen« auch unter Nachbarschaftshilfe, kleine Miss?«, wollte McCallum spöttisch wissen.

Ich bedachte ihn mit einem mörderischen Blick, der jedoch an ihm abprallte. Wahrscheinlich war der Mann solche Blicke gewohnt.

»O, du warst das, die Jensen vor die Tür gesetzt hat?«

»Ja, das war ich.«

»Ich bin mir sicher, mein Bruder hat es verdient.« Sie nahm McCallum das Käse-Sandwich aus der Hand, das er sich gerade genommen hatte, und biss ab. Fasziniert beobachtete ich, wie die beiden sich gegenseitig Drinks und Sandwiches hin und her »stahlen«, als wäre es eine Art Ritual zwischen ihnen. »Ich muss mich jetzt leider um die anderen Gäste kümmern. Aber ich bin mir sicher, wir sehen uns nochmal. Wenn nicht heute, dann irgendwann in den kommenden Tagen, sobald der Stress der Eröffnung nachlässt. Vielleicht auf einen Kaffee in deiner Bar?« Sie neigte sich vor und flüsterte mir verschwörerisch zu. »Ich würde nämlich gerne deine Version der Geschichte hören.«

McCallum zog sie an seine Seite und wollte im Weggehen wissen: »Ihre Version? Was ist denn an meiner auszusetzen?«

»Deine hat mir an den interessanten Stellen zu viele Lücken.«

Ich sah ihnen hinterher und wusste nicht, ob ich Eve Mercer bemitleiden oder bewundern sollte. Denn ich würde Jaxon McCallum nicht unbedingt als einen »netten« Mann bezeichnen, dafür verteilte er zu gerne Tiefschläge an seine Mitmenschen. Und dabei war es ihm anscheinend egal, wen er erwischte. Er nahm auf nichts und niemanden Rücksicht. Aber Eve hatte offenbar ihre ganz eigene Methode entwickelt, diesen ausgemachten Rüpel im Zaum zu halten.

Die Räume der Kinderbetreuung füllten sich langsam, ich ließ meinen Blick über die durch den Eingang strömenden Gäste gleiten und erstarrte, als ich dieses Mal tatsächlich Jensen entdeckte. Neben ihm ein platinblondes Püppchen mit einem Vorbau, der sie womöglich vornüberkippen lassen würde, wenn sie sich nicht an Jensen festgeklammert hätte, wie sie es tat.

Mein Magen zog sich zusammen, als ich sah, wie er sich zu ihr herunterbeugte, um ihr etwas ins Ohr zu flüstern. Ich ballte die Hände zu Fäusten, drückte sie an meine Seiten, damit die Schürze sie verdeckte. Gegen den Schmerz in meiner Brust half es jedoch nicht. Der bohrte sich tief in mein Inneres und machte mir das Atmen schwer.

Warum überraschte mich dieser Anblick eigentlich? Genau das hatte ich doch die ganze Zeit erwartet. Dass Jensen sich der nächstbesten Frau zuwenden würde, die ihm über den Weg lief und die sein Interesse lange genug weckte, damit er sich mit ihr befasste. Mit der er ins Bett stieg.

Ich wusste, dass die eine Nacht, die ich mit ihm hatte, nicht zählte. Das hatte ich gewusst, bevor ich ihn zwischen meine Schenkel gelassen hatte. Trotzdem tat es weh, ihn mit einer anderen zu sehen.

Jensen hob den Kopf und unsere Blicke trafen sich. Wahrscheinlich fragte er sich gerade, was ich hier machte, so wie ich mich fragte, wie ich die nächsten Stunden überstehen sollte, in denen ich ihn fast ständig vor Augen haben würde.

Ich wandte mich ab und konzentrierte mich auf den Pulk Kinder, die sich vor den Warmhalteplatten aufgestellt hatten. Ich lächelte auf sie hinunter, hob eine Haube an und Chad klapperte neben mir wie ein Krebs mit den beiden Zangen zwischen seinen Fingern.

»Okay, Rasselbande, dann mal angetreten. Wer von euch Rabauken will ein paar hammergeile Chicken-Drumsticks?«

KAPITEL 10

»Ich hole die letzte Platte Kanapees«, sagte ich drei Stunden später zu Chad und nahm die leere Servierplatte auf. Ich schlängelte mich an einigen Gästen vorbei, unter denen sich auch Jensen befand, und hielt meinen Blick starr auf den Durchgang zur Küche gerichtet. Trotzdem entging mir nicht, dass sein Kopf sich in meine Richtung bewegte und er mir nachsah. Und was mir auch nicht entging, war die Rothaarige mit dem künstlichen Lächeln, die die Platinblonde ersetzt hatte und an deren Stelle wie eine Klette an ihm klebte.

Eine Entschuldigung murmelnd schob ich mich an drei Pärchen vorbei, offensichtlich alles Eltern, denn sie unterhielten sich begeistert über die Ausstattung der Kinderbetreuung, und öffnete die Tür zur Küche. Ich holte die vorbereitete Platte aus dem monströs großen, doppeltürigen Kühlschrank, zog die Frischhaltefolie von den Häppchen und verließ die Küche wieder, nur um einen Augenblick später beinahe mit Jensen zusammenzustoßen.

Überrascht starrte ich zu ihm hoch, während er mit verkniffenem Mund sichtlich verärgert auf mich herabsah. In seinen Augen lag ein gefährliches Glitzern, sodass ich froh war, dass sich die Servierplatte in meinen Händen zwischen uns befand und ihn auf Abstand hielt.

»Wie lange willst du mich eigentlich noch warten lassen?«, knurrte er wütend. »Es sind jetzt schon drei verschissene Tage, die ich darauf warte, dass du zu mir kommst.«

Glaubte er allen Ernstes, er hatte das Recht, wütend auf mich zu sein?

»Ganz offensichtlich hast du dir die Wartezeit von Platin-Barbie und ihrer Freundin versüßen lassen«, fauchte ich gereizt. »So schlecht können die letzten Tage also nicht gewesen sein.«

»Ich war weder mit Kelly noch mit Lana in den letzten Tagen im Bett. Die letzte Frau, mit der ich geschlafen habe, bist du.«

»Wer's glaubt! Und jetzt lass mich durch, ich muss zurück an das Buffet und arbeiten.«

Ich wollte mich seitlich an ihm vorbeidrücken, aber Jensen trat mir wieder in den Weg, indem er einfach einen Schritt zur Seite machte.

»Eigentlich wollte ich warten, bis du hier fertig bist.

Aber drauf geschissen …«, sagte er. Unter seinem rechten Auge zuckte ein Muskel und das war ein deutliches Anzeichen dafür, dass er innerlich kochte und ganz sicher nicht so ruhig war, wie es auf den ersten Blick schien. »Wir beide werden uns unterhalten. Und zwar jetzt!«

»Tut mir leid, aber nein. Ich habe zu tun.« Außerdem hatte ich auch keine Lust, mir erneut von einem Mann anhören zu müssen, dass ja alles harmlos sei und ich Dinge sah, die gar nicht vorhanden waren. Ich stupste ihm mit dem Serviertablett gegen den Oberkörper und forderte mit gepresster Stimme: »Geh beiseite, Jensen!«

»Ansonsten was?« Er verschränkte die Arme vor der Brust, wodurch er noch breiter und einschüchternder wirkte. »Was tust du, wenn ich dich nicht durchlasse? Schleuderst du mir erst die Häppchen ins Gesicht, bevor du mir das Tablett über den Schädel ziehst?«

Als wäre ich so rabiat oder auf eine Szene vor massenhaft Zuschauern aus. Obwohl ich zugeben musste, dass ich für eine Nanosekunde daran gedacht hatte, ihm einen gezielten Tritt gegen das Knie zu verpassen.

»Führ mich nicht in Versuchung, Mercer. Und jetzt geh endlich beiseite.«

Statt Platz zu machen, packte er die silberne Servierplatte mit beiden Händen und nahm sie mir mit einem Ruck ab, der mich beinahe von den Füßen riss. Dann sah er sich suchend um.

»Sidney!«

Eves Assistentin zuckte bei seinem barschen Tonfall zusammen, kam aber eilig näher. Wie ein verschrecktes Kätzchen sah sie mit riesigen Augen zu ihm auf. »Ja, Mr. Mercer? Kann ich irgendetwas für Sie tun?«

»Bringen Sie das zum Buffet, Rory und ich haben etwas zu klären, das keinerlei Aufschub duldet.« Damit drückte er der verwirrten Assistentin die Servierplatte in die Hände, packte mich am Oberarm und drängte mich zur Treppe, die in die obere Etage führte und mit einer dicken roten Kordel abgesperrt war.

»Was soll denn das?«, zischte ich und ignorierte die neugierigen Blicke von dem halben Dutzend Gäste, an denen er mich vorbeischleifte.

Jensen löste den Haken am Ende der Kordel aus der Halterung, hängte ihn hinter uns wieder ein und schubste mich an, damit ich die Stufen hinaufstieg. Als ich auf der dritten Stufe stocksteif stehenblieb, neigte er sich zu mir herunter und knurrte: »Wenn du nicht willst, dass ich dich in einer theaterreifen Darbietung über die Schulter werfe und dich durch die Menge hindurch wegschleppe, dann beweg deinen Hintern ganz schnell nach oben. Sofort!«

»Steck dir deine dämliche Drohung sonstwo hin. Ich nehme von dir keine Befehle entgegen.«

Er stieß ein gefährliches Grollen aus und verpasste mir einen scharfen Klaps auf den Hintern, der mich zusammenzucken ließ. Der aber auch unzählige winzige Blitze in meinen Unterleib schickte, die dieses sehnsüchtige

Prickeln auslösten, für das ich Jensen im Stillen verfluchte. »Wie war das? Willst du mich herausfordern? Glaubst du, ich würde es nicht tun?«

Ich sah über meine Schulter und schluckte, als ich die eiserne Entschlossenheit in seinem Blick entdeckte. Eilig stieg ich die Stufen nach oben. Angetrieben von der Angst, er könnte seinen Worten Taten folgen lassen und mich vor den geschätzt 60 noch verbliebenen Gästen bis auf die Knochen blamieren.

Auf dem oberen Treppenabsatz legte Jensen mir eine Hand auf den Rücken und schob mich im Eiltempo einen langen Flur entlang, von dem diverse Türen abgingen, die alle in einer anderen Farbe gestrichen wurden. An den Wänden hingen gerahmte Bilder, die von Kindern unterschiedlichsten Alters gezeichnet worden sein mussten. Motive, die aus vereinzelten Strichen bestanden, wechselten sich mit kindlichen, aber detaillierteren Arbeiten ab.

Am Ende des Flurs öffnete Jensen eine graue Tür und drängte mich in den dunklen Raum hinein. Die Deckenlampe flackerte auf, ich blinzelte gegen das grelle Licht der Neonlampe an und sah mich um.

An den Wänden standen ein Tisch, daneben ein Kopierer, wie man ihn in Großraumbüros fand, Regale mit Papierstapeln, Schachteln und Boxen mit Stiften, Scheren, Farben, Bastelutensilien. Alles, was kreative Kinderherzen höherschlagen ließ.

Ich wandte mich zu Jensen um, der mit seinem Körper den Ausgang blockierte. »Ernsthaft? Die Abstellkammer?«

»Von mir aus können wir auch wieder nach unten gehen und klären diese Angelegenheit vor mehreren Dutzend Leuten. Die Entscheidung überlasse ich dir.«

Als hätte ich tatsächlich eine Wahl.

»Belassen wir es lieber bei der Abstellkammer.«

»Wusste ich es doch.« Er kam langsam näher, ohne mich aus den Augen zu lassen, wie eine gefährliche Raubkatze, die sich an ihre hilflose Beute anschlich. Und in diesem Augenblick fühlte ich mich ihm tatsächlich hilflos ausgeliefert, ihm und meinen eigenen widersprüchlichen Gefühlen. Ich verschränkte die Arme vor der Brust und hoffte, ich hielt ihn damit auf Abstand. Weil ich befürchtete, ich könnte nicht mehr stark genug sein, sobald er mich berührte. »Ich werde dich hier nicht eher herauslassen, bis wir das zwischen uns geklärt haben.«

»Was gibt es denn da zu klären?«

»Ich will Antworten. Ich muss wissen, woran ich bei dir bin.«

»Da gibt es nichts, worüber man reden müsste. Wir hatten Sex und das war's.«

»Nein, war es nicht. Auf keinen Fall.« Jensen blieb nicht stehen. Schritt für Schritt kam er näher und ich wich vor ihm zurück, bis ich gegen den Tisch hinter mir stieß und nicht mehr weiterkam. Seine Hand legte sich seitlich an meinen Hals, sein Daumen strich behutsam über die Stelle, unter der mein Puls wie ein verfluchter Schnellzug raste und damit verriet, dass ich lange nicht so unbeteiligt war, wie ich mich Jensen gegenüber gab. »Wenn es so wäre, dann hätte das Bedürfnis, dich unbedingt besitzen zu wollen und der sexuelle Hunger nachgelassen, nachdem ich dich eine ganze Nacht lang gevögelt habe. So ist es immer, so ist es seit …« Er runzelte die Stirn, als suche er nach dem roten Faden, den er verloren hatte, dann schüttelte er den Kopf. »Es hat nicht nachgelassen, Rory, das wusste ich schon am nächsten Morgen. Und seitdem … jeder Tag mehr, den ich dich nicht haben kann und an dem ich mich von dir fernhalten muss, treibt mich ein kleines Stück mehr in den Wahnsinn.«

Mir erging es nicht besser. Ständig kreisten meine Gedanken um ihn. Ich wollte Jensen mit einer solchen Verzweiflung, ich erkannte mich selbst nicht wieder. Und das machte mir höllische Angst, wie ich sie noch nie gespürt hatte, wenn es um einen Mann ging.

In den letzten Stunden hatte es mich schier umgebracht, diese beiden Frauen an ihm kleben zu sehen und so zu tun, als berührte es mich nicht. Obwohl ich ihnen viel lieber die künstlichen Haarteile vom Kopf gerissen und die Augen ausgekratzt hätte. Ich war auf diese Frauen eifersüchtig gewesen, ich war es noch immer, auch wenn ich es nicht sein wollte. Denn das bedeutete, ich entwickelte Gefühle für Jensen, die mich am Ende teuer zu stehen kommen, mich vielleicht sogar zerstören konnten.

Jensen legte seine Hände an meine Wangen, neigte sich zu mir herab und strich mit seinen Lippen über meinen Mund. Seine anfängliche Wut war vollkommen verraucht, stattdessen sah ich in seinen Augen eine verzweifelte Sehnsucht, die ich bei ihm niemals erwartet hätte.

»Ich kann verstehen, wenn du Bedenken hast. Schließlich haben wir uns nicht unbedingt unter den besten Bedingungen kennengelernt. Trotzdem habe ich eine Chance verdient. Ich möchte mich nicht mehr von dir fernhalten müssen, denn ich will wissen, was das zwischen uns ist«, murmelte er mit rauer Stimme und saugte sanft an meiner Unterlippe. »Ich will dich. Ich will alles von dir, was ich bekommen kann. Und ich bin mir absolut sicher, dir geht es mit mir nicht anders.«

Seine zärtlichen Küsse fühlten sich unglaublich gut an. Sie zeigten mir eine andere Seite von ihm, eine sanftere und verletzlichere, eine, die nichts mit dem unausstehlichen Kerl gemein hatte, den er mir anfangs gezeigt hatte.

Jensen hob den Kopf und sah mich eindringlich an. »Die Entscheidung liegt bei dir. Entweder gibst du mir eine Chance – uns beiden – einfach, um herauszufinden, wohin es führt. Oder du schickst mich weg. Endgültig.«

Er hatte recht, ich wollte ihn. Aber ich wollte auch nicht schon wieder verletzt werden. Nicht, nachdem ich mich vom letzten Reinfall gerade erst erholt hatte. Denn die Gefahr, von Jensen verletzt zu werden, war eindeutig vorhanden. Sie war sogar recht hoch.

Dennoch … vielleicht war er ja das Risiko wert. Aber das würde ich nur herausfinden, wenn ich es einging.

Ich legte meine Hände auf seine Brust, strich mit den Fingern über das Revers seines Sakkos. Weiter nach oben, bis ich ihm eine Hand in den Nacken schieben und seinen Kopf zu mir herabziehen konnte.

»Tu mir nicht weh«, wisperte ich an seinem Mund.

»Auf keinen Fall.«

Sein Versprechen hallte in meinem Kopf wider, während er meine Lippen mit einem stürmischen Kuss verschloss. Seine Hände legten sich auf meine Hüfte, hoben mich hoch und setzten mich auf dem Tisch ab, ohne den Kuss zu unterbrechen.

Ich schlang meine Beine um Jensens Körper, tastete blind nach dem Bund seiner Hose und öffnete den Knopf. Bevor ich meine Finger jedoch an den Reißverschluss legen konnte, griff er nach meinen Handgelenken und hielt sie fest.

»Ich kann nicht«, keuchte er und zog meine Hände von seinem Körper weg.

»Was? Warum?« Ich sah mit gerunzelter Stirn auf seinen Schritt, wo sich eine deutliche Beule unter seiner Hose abzeichnete. »Das sieht nicht danach aus, als könntest du nicht.«

Er machte ein Geräusch, das halb Lachen halb Aufstöhnen war. »Ich meinte damit: nicht hier. Hier laufen

Kinder herum und ich will garantiert nicht, dass uns eines beim Sex miteinander erwischt.«

»Die Kinder sind alle weg, sie sind zu Hause und liegen wahrscheinlich längst in ihren Betten und schlafen.«

»Bist du dir sicher?«

»Ja, absolut sicher. Ich habe Sidney zu Eve vor ungefähr einer Stunde sagen hören, dass sie die Prinzessin und den Cowboy nach Hause schicken würde, da keine Kinder mehr da wären.« Ich entzog ihm meine Hände, öffnete mit einem herausfordernden Lächeln den Reißverschluss an seiner Hose und schob sie mitsamt der Boxer Brief über seine Hüften nach unten. Seine Erektion sprang mir entgegen und ich umfasste sie mit einer Hand. »Spricht sonst noch etwas dagegen, dass ich dich gleich hier vögeln werde?«

Gemächlich ließ ich meine Finger an ihm auf und ab gleiten, erhöhte den Druck auf ihn, indem ich sie zu einer engen Faust schloss. Mit dem Daumen verrieb ich den ersten Lusttropfen auf seiner breiten Eichel und leckte mir über die Lippen.

Jensen schluckte hörbar. Sein Blick brannte sich in meinen, während ein spürbares Zittern durch seinen Köper lief. »Nein.«

»Dann sollte ich wohl besser keine Zeit verlieren.« Ich schob ihn ein Stück von mir weg und rutschte von der Tischplatte. Dann drückte ich ihn gegen eines der Regale, öffnete hastig das Sakko und die Knöpfe an seinem Hemd.

Sanft fuhr ich mit meinen Nägeln über seine glatte Haut und hinterließ eine weiße Spur auf seiner Brust, der ich mit Lippen und Zunge folgte. Der Duft nach Kräuterseife stieg mir in die Nase, ein bisschen herb und unglaublich männlich, als ich meine Zungenspitze um eine seiner Brustwarzen kreisen ließ. Ich arbeitete mich langsam nach unten und ging vor ihm auf die Knie.

Jensens Atem ging keuchend, als er die Spange, die den Knoten an meinem Hinterkopf zusammenhielt, löste und seine Finger in meine Haare schlang. Mit einem leisen Klappern fiel die Haarspange irgendwo neben uns auf den Boden.

»Ich will dich nicht drängen, Baby, aber …«, hörte ich ihn über mir sagen, als ich meine Hände auf seine Oberschenkel legte und an deren empfindliche Innenseiten entlangstreichelte. »Nimm endlich meinen Schwanz in deinen Mund.«

Ich umfasste mit einer Hand seinen Penis an der Wurzel, stupste die Eichel mit der Zungenspitze an und leckte über sie hinweg. Schmeckte den leicht salzigen Geschmack seiner Lust.

»Jetzt?« Ich ließ meine Zunge erneut über ihn hinwegzucken, sah zu ihm auf und begegnete Jensens verzehrendem Blick. Er brannte vor Ungeduld und wilder Gier, hielt sich nur noch mühsam beherrscht zurück.

»Ja, jetzt, verd…« Ihm stockte der Atem, als ich meine Lippen über die Spitze stülpte und ihn tief in den Mund nahm. Ich leckte ihn, massierte seinen Schaft mit Hand,

Zunge und Lippen und saugte so hart, dass sich meine Wangen dadurch nach innen wölbten. Jensen stöhnte und fluchte, ballte seine Hände in meinen Haaren zu Fäusten und hielt meinen Kopf, während er sich in meinen Mund stieß. Irgendetwas klapperte und klirrte im Regal hinter ihm, mischte sich mit seinem abgehackten Keuchen und meinem leisen Stöhnen. Seine Bewegungen bekamen etwas Drängendes und Unkontrolliertes, bis Jensen abrupt innehielt.

Widerwillig ließ ich seinen Penis aus meinem Mund gleiten, als er mich von sich weg- und auf die Füße zog. Bevor ich jedoch protestieren konnte, verschloss er meine Lippen mit einem glühenden Kuss und dirigierte mich zurück zum Tisch. Ungeduldig zerrte er am Reißverschluss meiner Jeans und streifte sie mir von den Beinen. Im nächsten Augenblick drückte er mich bäuchlings auf den Tisch, meine Beine auseinander und lehnte sich über meinen Rücken.

Ich spürte seine Hand, die über meine Schenkelinnenseite strich und sich meinem pochenden Zentrum näherte, seinen warmen Atem an meinem Ohr. »Tut mir leid, Süße, aber das hier wird ein harter Ritt.« Seine Finger schoben den winzigen Fetzen Stoff meines Höschens beiseite, glitten durch meine feuchte Spalte. »Die letzten Tage waren die Hölle für mich. Ich wollte dich so sehr und konnte dich nicht haben. Und jetzt …«, hektisch saugte ich Luft in meine Lungen, als er erst einen Finger in mich tauchte, einen weiteren dazu nahm und mich mit ihnen fickte, »… jetzt kann und will ich nicht länger warten.«

Er zog seine Hand zurück, ich hörte ein Rascheln und Knistern, dann spürte ich, wie sich sein Schwanz gegen meinen Eingang drückte. Stück für Stück schob er sich weiter in mich hinein, dehnte mich, bis ich glaubte, es nicht mehr auszuhalten. Tief in mir vergraben, hielt er inne und half mir auf, damit ich mich auf meinen Händen auf der Tischplatte aufstützen konnte. Mit einer Hand hielt er mich an der Hüfte fest, während er mit der anderen über meinen Körper strich, das enganliegende T-Shirt zusammenschob, sodass ich seine Finger auf meinem bloßen Rücken spürte, an meiner Seite, meinem Hintern. Dann zog er sich zurück und drang wieder tief in mich ein. Aus seinem anfangs kontrollierten Rhythmus wurden schnell aggressive Stöße, die meine Hände über die Tischplatte rutschen ließen, obwohl er mich festhielt.

Das Geräusch, wenn unsere Unterleiber aufeinandertrafen, und unser Stöhnen hallten in dem kleinen Raum von den Wänden wider, untermalt vom keuchenden Luftholen. Ein unfassbar erotisches Geräusch, es machte mich wahnsinnig vor Lust, peitschte mein Verlangen an. Genauso wie die Reibung, die Jensen mit seinem Schwanz an meinen inneren Muskeln erzeugte.

»Jensen …« Ich spreizte meine Beine weiter und stemmte mich seinen Stößen entgegen. Ein Schauer rieselte durch mich hindurch, jede Faser meines Körpers zog sich vor Anspannung zusammen. Jensen beugte sich vor, schob eine Hand zwischen meine Beine, rieb kräftig über meine Klitoris und schleuderte mich über die Klippe.

Mein Herz rannte in meiner Brust, meine Arme und Beine zitterten – und nur Jensen hielt mich mit seinem festen Griff noch aufrecht. Er drang ein letztes Mal tief in mich ein und erreichte mit einem erleichterten Stöhnen seinen Höhepunkt, ehe er zusammensackte und mich unter sich begrub. Hektisch rangen wir nach Atem, während Jensen mich zwischen seinem Körper und dem Tisch wie ein Sandwich einquetschte.

»Gottverdammt …«, stieß er hervor und saugte tief Luft in seine Lungen, »… das war fantastisch.« Er stemmte sich auf seine Unterarme und gab mir etwas mehr Freiraum, sodass ich tief durchatmen konnte. Dann legten sich seine Lippen auf meinen Hals. Sein Bart kitzelte meine Haut, während er sanfte Küsse hinab bis zu meiner Schulter verteilte. »Ist alles okay, Baby?«

»Alles bestens«, murmelte ich und schloss meine Augen.

Ich war vollkommen erledigt, aber zutiefst befriedigt und … ja, glücklich. Und wenn es nach mir ginge, ich würde mich auf dem Tisch zusammenrollen und dieses Gefühl in vollen Zügen genießen, selbst wenn ich darüber einschlief.

»So gerne, wie ich noch länger mit dir hierbleiben würde, wir sollten langsam wieder nach unten gehen, bevor uns vielleicht noch jemand sucht und aus Versehen findet.« Jensen küsste meinen Nacken und zog sich von mir zurück, doch ich blieb mit geschlossenen Augen auf dem Tisch liegen und seufzte. »Oder wir gehen das Risiko ein, bleiben einfach hier, du gibst mir zehn Minuten und ich vögle dich gleich noch einmal.«

Ich drückte mich auf meine Unterarme und sah Jensen über meine Schulter hinweg an. Er richtete seine Kleidung, trotzdem wirkte er am Ende noch immer, als hätte er gerade Sex gehabt – gesättigt und mit einem sehr selbstzufriedenen Grinsen im Gesicht.

Bevor er mich hier heraufgetrieben hatte, hätte ich ihm ein solches Grinsen übelgenommen. Genauso wie den besitzergreifenden Blick, den er über mich hinweggleiten ließ. Als wäre ich seine neueste Errungenschaft. Und das war ich wohl auch, überlegte ich, denn ich war die nächste Frau, die für ihn gefallen und auf dem besten Weg war, sich in ihn zu verlieben.

»Das nächste Mal will ich ein Bett«, forderte ich und schob die Zweifel beiseite, die sich in meine Gedanken zu drängen versuchten. Zweifel daran, ob ich die richtige Entscheidung getroffen hatte, als ich ihm nachgegeben hatte. Aber damit musste ich mich später befassen, denn unten wartete Arbeit auf mich, Chad, Sidney, Eve, dieser McCallum und sicherlich auch einige Gäste, die die Einweihungsfeier noch nicht verlassen hatten.

»Deins oder meins?«

»Meins, das ist näher.«

»Meinetwegen.«

Ich schlüpfte in meine Jeans, sah mich suchend nach meiner Haarspange um und hob sie vom Boden auf. Dann schlang ich meine verstrubbelten Haare zu einem lockeren Knoten und sicherte ihn mit der Spange am Hinterkopf. Als ich mich wieder umdrehte, stand Jensen vor mir, zog mich in seine Arme und küsste mich sanft.

»Sowie du hier fertig bist, bringe ich dich nach Hause.«

»Um ehrlich zu sein, habe ich damit gerechnet.« Ich griff nach dem Knoten in seiner Krawatte, richtete ihn aus und strich die Seidenkrawatte mit den Fingern glatt. »Und auch darauf gehofft«, ergänzte ich mit einem Schmunzeln, als sich plötzlich die Tür öffnete und eine kichernde Eve von McCallum rückwärts hereingeschoben wurde. Jaxon blieb abrupt stehen und sah über Eves Kopf hinweg zu uns.

»Was ist …?« Eve wandte sich um und entdeckte ihren Bruder, der mich noch immer mit beiden Armen umschlungen hielt. Irritiert wechselte ihr Blick zwischen uns hin und her. »Was macht ihr denn hier?«, wollte sie wissen.

»Schau dir die beiden doch an, dann weißt du, was sie hier getrieben haben«, grummelte Jaxon. »Dein Bruder hat die kleine Barkeeperin gefickt.«

»*Jaxon!*«, fuhr Eve ihn an und knuffte ihn mit ihrem Ellenbogen in die Seite, was er aber nicht einmal zu spüren schien.

»Als hättest du meine Schwester für eine Bastelstunde in die Abstellkammer gebracht«, knurrte Jensen. »Also halt dich gefälligst zurück, McCallum.«

Beruhigend legte ich ihm eine Hand auf den Arm und hielt ihn fest, nur für den Fall, dass Jensen sich auf den Freund seiner Schwester stürzen wollte. Dabei war das ein sinnloses Unterfangen, denn er könnte mich problemlos abschütteln, wenn er wollte.

Als spürte er meine Sorge, lächelte Jensen mich an und zwinkerte mir spitzbübisch zu.

Er war gar nicht wütend?

»Sie meinen es nicht so«, erklärte Eve, die meine Verwirrung bemerkt haben musste, mit einem entschuldigenden Lächeln. »Jaxon, Jensen und Logan – sie sind alle wie Hunde. Sie kläffen sich ständig gegenseitig an und schnappen nach einander, aber sie beißen nicht zu.« Dann wandte sie sich zu ihrem Freund um und sagte kopfschüttelnd: »So viel zu deiner genialen Idee, hier herauf zu kommen.«

»Hey, Baby, bis eben war es auch eine klasse Idee«, murrte Jaxon und bedachte Jensen mit einem vernichtenden Blick. »Bis dein dämlicher Bruder sie vor mir hatte.«

KAPITEL 11

Ich hob einen Karton von der Pyramide, die sich gegen die Wand in meinem Büro hochstapelte, und setzte ihn auf der Sitzfläche meines Stuhls ab. In den letzten zwei Stunden hatte ich gemeinsam mit Jensen bereits einige Kartons durchgesehen. Dennoch hatte ich das Gefühl, wir kamen nicht voran. Auspacken, sortieren, einpacken, Kartons neu stapeln.

Ich versuchte, etwas mehr Platz in meinem beengten Büro zu schaffen, aber ich befürchtete, am Ende würden wir mein persönliches Chaos nur minimal reduziert und umgeschichtet haben, denn der Berg – eher ein Häufchen – mit Dingen, die ich wegwerfen konnte und wollte, wurde nicht größer.

»Du musst das nicht tun«, sagte ich und holte ein Modellauto aus der Sammlung meines Großvaters aus dem Karton. Ich stellte es auf dem Schreibtisch ab, fotografierte es und legte es in einen anderen Karton mit weiteren Modellen, von denen ich bereits Fotos aufgenommen hatte, die ich einem Gutachter vorlegen wollte, um herauszufinden, ob die Sammlung nicht nur Erinnerungswert besaß. »Gibt es bei *Mercer Enterprises* nichts zu tun? Keine Mitarbeiter, die du durch die Gegend scheuchen kannst? Keine Konkurrenz, die du plattmachen kannst? Du könntest auch McCallum den Tag verderben«, schlug ich vor.

»Im Büro gibt es immer genug zu tun, trotzdem nehme ich mir heute frei. Und McCallum läuft mir nicht weg – leider. Den erwische ich, wenn er nicht damit rechnet. Ich lasse mir doch nicht die Chance entgehen, in deinen Sachen herumzuschnüffeln. Zumal ich auch noch die Erlaubnis von dir dazu habe.« Jensen nahm ein Buch aus einem der Kartons, klappte es auf und blätterte darin herum. »Das ist der einfachste und effizienteste Weg, mehr über dich zu erfahren und dich besser kennenzulernen. Hier das beste Beispiel …« Er drehte das Buch in seinen Händen mit einem breiten Grinsen um und ich riss die Augen auf. Jensen hatte sich ausgerechnet mein Jahrbuch von der 8. Klasse herausgepickt. »Ich hätte ja nicht gedacht, dass man mit Zahnspange niedlich aussehen kann.«

»Niemand sieht mit Zahnspange niedlich aus.« Ich griff über den Tisch hinweg nach dem Jahrbuch, doch er zog es hastig aus meiner Reichweite und las leise lachend.

»Rory Chastity Sun Hanson? Wofür genau haben deine Eltern dich eigentlich direkt nach der Geburt bestraft?«

Ich schüttelte den Kopf und verdrehte die Augen. »Meine Mutter war ein riesiger Fan von *Cher*. Sie hielt es wohl für eine tolle Idee, mir als Zweit- und Drittnamen die gleichen Namen zu geben, wie *Cher* sie ihrer Tochter gegeben hat.«

»Was ist mit deiner Mutter? Deinen Eltern. Warum bist du bei deinen Großeltern aufgewachsen?«, wollte er wissen und legte das Jahrbuch beiseite. »Bisher hast du dieses Thema immer umgangen.«

»Ich habe dieses Thema nicht absichtlich gemieden. Wir beide …«, ich wies mit einem Finger zwischen uns hin und her, »… sind nur recht oft und ziemlich intensiv mit anderen Dingen beschäftigt.«

»Dann erzähl es mir jetzt.«

»Meine Mutter ist ein paar Tage nach meiner Geburt an einer Lungenembolie gestorben, meinen Vater kenne ich nicht. Alles, was ich über ihn weiß, habe ich aus einem Tagebuch meiner Mutter.« Ich machte ein Foto von dem Modell eines unscheinbaren Lieferwagens, bei dem der Schriftzug an der Seite verblasst war. »Sein Name war Brian, er war ein One-Night-Stand und wenn ich dem glauben darf, was im Tagebuch meiner Mutter steht, war er fantastisch im Bett. Viel zu wenig Informationen, um ihn vielleicht ausfindig machen zu können.«

»Vermisst du sie sehr?«

»Meine Eltern? Wie soll man etwas vermissen, das man niemals wirklich besessen hat? Prue und Dale haben mir zwar immer wieder von meiner Mutter erzählt, aber mir zu wünschen, dass ich sie hätte kennenlernen dürfen, das ist nicht das gleiche Gefühl, wie meine Großeltern zu vermissen, die mir alles bedeutet und mich großgezogen haben.« Ich verschloss den Karton mit den Automodellen und stellte ihn beiseite. »Aber ich denke, dieses Gefühl wird wohl irgendwann verschwinden. So wie jeder Schmerz irgendwann nachlässt und verschwindet.«

»Nein, es wird nur schwächer. Menschen, die dir besonders am Herzen liegen, über deren Verlust kommst du nicht so schnell hinweg. Du wirst niemals ganz aufhören, sie zu vermissen.«

Jensen nahm einen auf alt getrimmten Vintage-Bilderrahmen aus dem Karton und betrachtete das Foto nachdenklich. Auch ohne es zu sehen, wusste ich, was es zeigte: Dale mit wettergegerbtem Gesicht in alter Jeans und Karohemd, wie er eine Leiter festhielt, auf der ich stand, und lächelnd zu mir nach oben sah, während ich mich streckte, um an die Äpfel auf dem Baum neben unserem Haus zu kommen. Als das Foto aufgenommen wurde, war ich 14 Jahre alt, ich hatte eine Familie, ein Zuhause und meine Welt war noch in Ordnung.

»Das Wichtigste ist, dass du dir die Erinnerungen an sie bewahrst«, sagte er und stellte das Foto neben dem Monitor auf den Schreibtisch.

»Das tue ich.« Ich neigte den Kopf zur Seite und bedachte ihn mit einem forschenden Blick. »Seit wann bist du eigentlich so … tiefgründig?«

»Bin ich das sonst nicht?« Er hielt mir seine Hand entgegen und ich ließ mich von ihm um den Tisch herumführen, bis ich vor ihm stand und zu ihm aufsah.

»Als wüsstest du das nicht.« Ich genoss seine lockere Umarmung, in die er mich gezogen hatte, und lehnte mich gegen Jensen. »Ich denke, es ist eine ausgeklügelte Taktik. Gib es ruhig zu, du willst mich davon ablenken, dass du eigentlich nur auf meinen Körper scharf bist, indem du mich verwirrst und mir eine andere Seite von dir zeigst, die ich noch nicht kenne. Eine, von der ich nicht gedacht hätte, dass sie in diesem sexy Kerl stecken könnte.«

Ein Lächeln spielte um seine Mundwinkel. »Du findest mich sexy?«

»Als wüsstest du das nicht. Außerdem kannst du ziemlich anmaßend sein. Und dieser herrische Zug, den du hast. Ich weiß nicht, ob mir der gefällt.«

Jensen hakte zwei Finger unter mein Halsbündchen, zog das T-Shirt herunter und betrachtete meine Brüste, die sich unter heftigen Atemzügen schnell hoben und senkten. So war es immer, wenn ich in seiner Nähe war. Jensen brachte mein Herz zum Rasen, raubte mir den Atem und – da war ich mir sicher – auch den Verstand. »Und ob dir der gefällt. Es macht dich an«, behauptete er selbstsicher, beugte sich vor, presste seinen Mund auf meinen Hals und küsste sich über meine Kehle hinab. Sein Bart strich über meinen Brustansatz und ließ die empfindliche Haut prickeln. »Du bist genauso verrückt nach mir wie ich nach dir.«

»Das ist …« Seine Hände glitten an meinen Seiten herab, wieder herauf und umfassten meine Brüste. Mit den Fingern zwirbelte er meine Brustwarzen, die sich zu harten Knöpfen zusammenzogen und durch den Stoff drückten. Ich schluckte angestrengt und versuchte, mich darauf zu konzentrieren, was ich sagen wollte. Aber das Verlangen nach Jensen, das mein Blut zum Kochen brachte, machte es mir schier unmöglich. »Das ist … eine ziemlich gewagte Behauptung.«

Jensen küsste sich meine Schulter entlang, knabberte sanft an meinem Hals und öffnete dabei den Knopf und Reißverschluss meiner Jeans. »Eine Behauptung, die ich gleich mit jeder Menge Beweisen untermauern werde«, versprach er mit rauer Stimme, zog mir das T-Shirt über den Kopf und ließ es auf den Schreibtisch fallen. Mit einem Fingerschnippen öffnete er den Verschluss meines BHs und streifte ihn von meinem Körper.

Ich lehnte mich gegen meinen Schreibtisch, stützte meine Hände hinter mir auf der Tischplatte ab und präsentierte mich Jensens Blick. »Das wird sich zeigen.«

»Und ob es sich …« Ein kräftiges Klopfen an der Tür – oder eher ein Wummern – ließ ihn innehalten und aufsehen.

»Jetzt nicht, Chad«, rief ich und zog Jensen an seinem

Hemd wieder zu mir herunter. Nur um im nächsten Augenblick erschrocken aufzukeuchen, als die Tür sich trotzdem öffnete.

»Da ich nicht Chad bin, galt die Absage doch sicherlich nicht für mich, oder Kleine?«, hörte ich Jaxon spöttisch hinter mir fragen.

Ich schnappte mir das T-Shirt vom Tisch und zog es mir hastig über, während Jensen mich hinter seinen Rücken schob und knurrte: »Verschwinde, Jaxon.«

»Vergiss es, mein Lieber. Du schuldest mir noch etwas. In meinen Augen schuldest du mir eine Menge. Und ich habe mich dafür entschieden, dass ab sofort Zahltag ist.«

Ich hörte das Leder meines Schreibtischstuhls leise knarzen und strich kopfschüttelnd das T-Shirt glatt. Eines musste man diesem McCallum lassen, er besaß eine ungeheure Dreistigkeit, wie ich sie bisher noch bei keinem anderen Menschen erlebt hatte. Niemand, nicht einmal Chad würde es sich wagen, in den Raum zu platzen, wenn er wusste, dass ich mit einem Mann zu Gange war, und sich dann noch ganz entspannt für eine lockere Unterhaltung an meinen Schreibtisch setzen.

»Du gehst nicht an dein Telefon, antwortest nicht auf meine Nachrichten und dein Assistent verleugnet, zu wissen, wo du steckst.«

»Robert macht nur, was ich ihm aufgetragen habe.«

»Morgan sollte sich größere Eier wachsen lassen. Oder gar nicht erst irgendwelchen Mist bauen, den er dann ausgerechnet Sidney beichtet. Ihr schlechtes Gewissen hat die Kleine beinahe umgebracht. Wusstest du, dass Morgan etwas mit Eves Assistentin am Laufen hat?« Jaxon blätterte sich desinteressiert durch die ersten Seiten eines Stapels Unterlagen auf meinem Schreibtisch, nahm dann einen Kugelschreiber aus dem Stiftebecher und las den aufgedruckten Slogan meiner Hausbank. »Jedenfalls ist er eingeknickt, als ich ihm gedroht habe, dass ich dir sagen würde, dass er sich als dein Rechtsanwalt ausgegeben hat.«

Ich biss mir auf die Lippe, um nicht zu lachen. Mein Gefühl hatte mich also nicht betrogen. Ich hatte gleich geahnt, dass mit Robert Morgan etwas nicht stimmte. So unerfahren und unsicher, wie er aufgetreten war und sich von mir hatte verscheuchen lassen.

»Er hat *was* gemacht?«, wollte Jensen fassungslos wissen.

»Ach verdammt, jetzt habe ich es dir doch gesagt.« Ich sah von Jensen zu Jaxon, der keineswegs betroffen, sondern sehr zufrieden aussah. Er richtete seine Aufmerksamkeit auf mich und sein Lächeln wurde zu einem breiten Grinsen. »Wie hat Robert sich als Jensens Rechtsanwalt eigentlich geschlagen?«

Jensen wandte sich zu mir um und sah mich verwirrt an. »Mein Assistent hat sich bei dir als mein Rechtsanwalt ausgegeben? Wann? Und warum hast du mir nichts davon gesagt?«

Ich zuckte mit den Schultern. »Warum sollte ich? Dein Rechts… dein Assistent hat nichts ausgerichtet.

Er hat verlangt, dass ich dein Foto von der Tür entferne und ich habe mich geweigert.«

»Sonst noch etwas? Hat er dir gedroht?«

»Nein, nichts weiter.« Ich beobachtete, wie er sein Handy aus der Hosentasche zog. »Was hast du vor?«

»Ich feuere Morgan. Was sonst? Sein Job ist es, mich zu entlasten und mich bei meiner Arbeit zu unterstützen. Ich kann keinen Assistenten gebrauchen, der mir Schwierigkeiten bereitet und mit seinem Verhalten nicht nur mich, sondern eventuell auch *Mercer Enterprises* in Verruf bringt.«

Er rief die Kontaktliste auf, wählte eine Nummer, und mir schlug das Herz bis zum Hals. Zum ersten Mal zeigte Jensen sich als eiskalter Geschäftsmann, ließ mich ihn sehen, wie ihn sonst sicherlich nur seine Konkurrenten sahen. Das war in gewisser Weise beeindruckend, aber auch gleichermaßen erschreckend, denn ich wollte ganz sicher nicht daran schuld sein, dass Robert seinen Job verlor. Nicht wegen einer solchen Kleinigkeit, die keinerlei Schaden angerichtet hatte.

»Er hat weder dich noch den Konzern in Verruf gebracht. Robert hat genau das Gegenteil getan.« Ich zog eine Grimasse. »Na ja, er hat es versucht, auch wenn er sich dabei dumm angestellt hat. Aber ich bin mir absolut sicher, er wollte dich nur beschützen. Vor mir und dem üblen Bürotratsch, den mein Rauswurf scheinbar verursacht hat. Das kannst du ihm nicht zum Vorwurf machen.«

»Hallo, Mr. Mercer. Ich dachte, Sie nehmen sich heute einen Tag frei«, erklang Robert Morgans gutgelaunte Stimme aus dem Handy und ich sah Jensen bittend an. In seinen dunklen Augen stand ein gefährliches Glitzern. Er war noch immer aufgebracht, auch wenn er nicht mehr diese eiskalte Wut verströmte, die eben noch in Wellen durch das Büro geschwappt war. »Hallo? Hören Sie mich, Mr. Mercer?«

»Ja, ich höre Sie, Robert. Lassen Sie für heute Abend, 19:00 Uhr einen Tisch für zwei Personen im *Alfonso* reservieren. Privat, nicht geschäftlich«, befahl er barsch und legte auf.

»Wir gehen essen?«, fragte ich neugierig.

»Es sei denn, du willst, dass ich ihn noch einmal anrufe, damit er den Tisch wieder storniert. Nur bin ich mir nicht sicher, ob ich Robert dann nicht vielleicht doch noch feuern werde, dafür, dass er seine Kompetenzen meilenweit überschritten hat.«

»Italienisch klingt wunderbar.«

»Das tut es tatsächlich«, brachte sich Jaxon wieder in Erinnerung. »Wie wäre es mit einem Doppeldate? Ihr zwei und Eve und ich.«

»Vergiss es, McCallum. Zwar arbeiten wir zusammen und ich muss akzeptieren, dass du der Freund meiner kleinen Schwester bist, aber das heißt noch lange nicht, dass ich dich genug mag, um dich bei einem Doppeldate zu ertragen. Ich möchte mit Rory allein sein. Etwas, das Eve ganz sicher versteht.«

»Im Gegensatz zu mir, meinst du.« Jaxon erhob sich lachend von meinem Stuhl, ging zur Tür und zog sie auf. »Ich hätte Morgan nicht so einfach davonkommen lassen.«

»Woher willst du wissen, dass sein Verhalten keine weiteren Konsequenzen für ihn haben wird?«

»Weil du schon fast genauso weich bist wie Logan. Was aber trotzdem nichts daran ändern wird, dass ich dich bezahlen lassen werde«, sagte Jaxon lapidar, bevor er die Tür hinter sich zuzog.

»Was hatte das zu bedeuten?«, wollte ich von Jensen wissen. »Und was meinte er damit, es wäre »Zahltag«? Wofür?«

»Es bedeutet: Jaxon ist ein verdammt nachtragender Bastard, mehr nicht.«

»Also hast du ihm tatsächlich irgendetwas getan?«

»Nein, habe ich nicht. Das hindert ihn aber nicht, mir die Schuld daran zu geben, dass Eve sich kurzzeitig von ihm getrennt hat.«

»Aber sie sind doch wieder zusammen.«

»Damit habe ich auch argumentiert, und es war reine Zeitverschwendung.« Mit einem Seufzen setzte Jensen sich auf die Couch und zog mich auf seinen Schoß. »Jaxon kann es nicht ausstehen, wenn er zurückgewiesen wird. Aber genau das hat Eve getan. Sie hat ihn ignoriert und jeglichen Kontakt mit ihm gemieden, während er regelrecht die Wände hochgegangen ist vor Verzweiflung … und Wut. Wobei sich die Wut hauptsächlich gegen mich gerichtet hat und teilweise auch gegen Logan, der ihn kurzerhand unter einem fadenscheinigen Vorwand nach New York geschickt hat, damit Jax wieder runterkommt.« Ein Schmunzeln spielte um seine Lippen. »Du hättest ihn fluchen hören sollen, als ihm klar wurde, dass Logan ihn reingelegt hat.«

»Und obwohl dein Bruder ihm übel mitgespielt hat, war Jaxon auf dich wütender als auf ihn. Was ist passiert?«

»Eve hat ein Streitgespräch zwischen Logan und mir belauscht und dadurch angenommen, Jaxon wäre von Logan nur dafür angeheuert worden, ihren Platz in der Firma einzunehmen. Zu dem Zeitpunkt waren sie bereits liiert.«

»War es denn so?« Wenn es so war, konnte ich Eves Reaktion sehr gut nachvollziehen. Ich hätte mich ebenfalls hintergangen gefühlt, nicht nur von meinem Freund, sondern auch von meinen Brüdern. »Sollte er sie ersetzen und sie hat es nicht gewusst?«, wollte ich wissen und sah zu ihm auf.

»Nein. Jaxon sollte sie von Anfang an nur unterstützen und lediglich in Notfällen für Eve einspringen, falls sie überfordert wäre. Ich habe es zu dem Zeitpunkt nicht so gesehen, ich habe zu diesem Zeitpunkt einiges aus dem falschen Blickwinkel betrachtet und nach Dingen gesucht, für die ich Logan kritisieren konnte. Und dass er mit Eve nicht darüber geredet hat, was der eigentliche Grund dafür war, dass er Jaxon angeheuert hat, war für mich eine perfekte Vorlage. Ich habe überreagiert, ich konnte ja nicht ahnen, dass Eve uns belauscht.«

»Weswegen bist du überhaupt so schlecht auf ihn zu sprechen?«

Bisher hatte ich Logan nur einmal kurz auf der Einweihungsfeier gesehen, seitdem nicht wieder. Aber ich hatte nicht das Gefühl gehabt, dass zwischen den Brüdern etwas nicht stimmte. Gut, ich war mit meinen Gedanken an Jensen beschäftigt gewesen, aber eine unterschwellige Anspannung oder feindselige Blicke wären mir sicherlich nicht verborgen geblieben. Außer die beiden waren herausragende Schauspieler, wenn es darum ging, ihre Gefühle nicht an die Oberfläche treten zu lassen.

»Ich war schlecht auf ihn zu sprechen, bin es aber nicht mehr. Ich dachte, er hätte sich etwas genommen, von dem ich mir sicher war, dass es mir gehört.« Ich wollte ihn fragen, was so wichtig gewesen war, dass es zwei Brüder auseinandertreiben konnte. Aber Jensens Hände, die sich unter mein Shirt stahlen und in verführerischen Kreisen über meine Haut strichen, lenkten mich zu sehr ab. »Noch irgendetwas, das du wissen willst?«

Als könnte ich mich auf irgendetwas konzentrieren, außer auf das Gefühl seiner Hände auf meinem Körper oder auf seinen Mund, der an meinem Hals hinabstrich oder Luftholen.

»Ähm …« Ich schloss genießerisch die Augen und neigte meinen Kopf etwas weiter zur Seite, als Jensen die Kuhle zwischen Hals und Schulter erreichte und sie mit Lippen und Zunge erforschte. »Was … was will Jaxon überhaupt von dir? Was schuldest du ihm – seiner Meinung nach?«

Er stieß ein raues Lachen aus, sodass sein warmer Atem schwallartig über meine erhitze Haut strich: »Acht Tage.«

KAPITEL 12

»Ich glaube, du machst dir diese ganze Mühe umsonst.« Zweifelnd beäugte Chad den Inhalt der Kisten mit den Modellautos. »Für Dale mochten sie vielleicht wertvoll gewesen sein, aber diese Teile hier …«, er nahm einen Lieferwagen in die Hand, der offenbar durch einige Kinderhände gegangen sein musste, bevor er in der Sammlung meines Großvaters gelandet war, denn die Beschriftung an der Seite war schon abgegriffen, dann noch einen größeren, bonbonpinken VW Bus aus dem am Heck zwei Surfbretter herauslugten, »… die findet man in jeder Kramkiste auf einem Flohmarkt.«

»Gut möglich, dass die meisten nur ein paar Cent oder Dollar wert sind. Aber vielleicht sind ja auch ein paar kleine Schätze dabei, die 100 oder sogar 200 Dollar bringen.« Ich nahm sie ihm wieder aus der Hand und legte sie zurück in einen Karton. »Es würde jedenfalls helfen, dieses Darlehen schneller loszuwerden.«

Es tat mir in der Seele weh, dass Dales Sammlung so enden musste. Aber ich selbst interessierte mich nicht für Modellautos und mittlerweile fühlte ich mich in meinem Büro so beengt, dass jeder Karton weniger eine Wohltat war. Ich musste hier so bald wie möglich raus, irgendwohin, wo ich mich nicht so eingesperrt fühlte.

Als mein Blick zu dem noch immer unfertigen Wandbild glitt, zog es sehnsüchtig in meiner Brust. Was würde ich dafür geben, zurück nach Scottsdale zu können, in das Haus mit riesigem Garten, in dem ich aufgewachsen war.

»Und was dann? Was würdest du tun, wenn du das Darlehen los wärst?«

»Ich will mein Landschaftsarchitekturstudium nicht umsonst gemacht haben. Ich will wieder raus, nicht mehr nur am Schreibtisch sitzen oder hinter einer Bar stehen. Du glaubst gar nicht, wie sehr es mir fehlt, die Sonne wieder auf meiner Haut zu spüren.«

Chad trat einen Schritt zur Seite, als ich ihn mit einer Hand beiseite wedelte, damit ich mich an den Computer setzen konnte. Eine Mail hatte ich dem Gutachter, den mir Jensen empfohlen hatte, bereits geschickt, dazu drei Fotos, auf denen die gesamte Sammlung zu sehen war. Kreuz und quer durcheinanderliegend in mehreren Kartons. Für eine Bewertung reichte es natürlich nicht. Aber die Bilder hatten sein Interesse geweckt, sodass er jetzt die Fotos der einzelnen Modelle wollte, insgesamt 451 Stück.

»Also würdest du die *BIG Bar* abstoßen?«

»Wenn sich eine Möglichkeit bietet, würde ich sie gewinnbringend verkaufen, ja.« Ich tippte eine kurze Nachricht an den Gutachter und übertrug ihm den Ordner mit den zusammengestellten Fotos per Webtransfer. »Bevor du bei mir in der Bar angefangen hast, warst du immer wieder als Backpacker unterwegs. Wochen- und monatelang irgendwo in Südamerika, Kanada, Europa, Australien. Fehlt dir das nicht?« Ich sah zu meinem Freund, der sich auf die Couch lümmelte, die Arme auf der Rücklehne ausgestreckt, ein Bein am Knöchel auf dem Knie des anderen abgelegt. »Ich werde das Gefühl nicht los, dass ich dich von dem fernhalte, was du eigentlich tun willst. Dass du bei mir bleibst, weil du dich mir verpflichtet fühlst. Und weil du ein schlechtes Gewissen hast, dass du nicht für mich da sein konntest, als Prue starb.«

Er zuckte unbekümmert mit den Schultern. »Hin und wieder vermisse ich es schon. Die Freiheit, die unglaublichen Eindrücke und Naturschauspiele. Keine Doku kann dir die gleichen überwältigenden Gefühle vermitteln, als wenn du tatsächlich am Fuß des *Ayers Rock* mitten in der australischen Wüste oder der *Iguazu* Wasserfälle in Brasilien stehst und dir bewusst wird, wie winzig und in mancherlei Hinsicht sicherlich auch unbedeutend du eigentlich bist. Was ich aber nicht vermisse, sind die Blasen an meinen Füßen, die ich normalerweise in den ersten Tagen und Wochen bekomme, oder die schnarchenden und dauerfurzenden Zeltnachbarn, die ich garantiert ständig erwische. Oder die überbelegten Hostel-Zimmer, in denen es nach ungewaschenen Socken stinkt.« Chad verzog angewidert das Gesicht, als hätte er in diesem Augenblick den besagten Geruch in der Nase, und entlockte mir damit ein fröhliches Lachen. »Alles hat seine Vor- und Nachteile. Die *BIG Bar* ist winzig, nicht so modern ausgestattet wie manch andere Bars, doch sie besitzt Charme, man lernt eine Menge Menschen kennen. Selbst an stressigen Tagen macht mir die Arbeit hinter dem Tresen Spaß. Es würde mir fehlen, nicht mehr fast täglich hier sein zu können.«

»Willst du damit sagen, du hast mein Jobangebot damals nicht nur deswegen angenommen, weil du mein bester Freund bist und mir helfen wolltest?«

»Natürlich nicht. Ich hatte nichts mehr im Kühlschrank und hätte mir ohnehin einen Job suchen müssen. Dein Jobangebot kam mir also sehr gelegen.«

Kopfschüttelnd schloss ich das Fenster des Webtransferanbieters und fuhr den PC herunter.

»Und ich dachte, du hättest es wegen deiner unerschütterlichen Liebe zu mir getan. Du enttäuschst mich.«

»Und du enttäuschst mich gerade. Statt noch immer hier in aller Seelenruhe in diesem Bunker zu sitzen, solltest du dich nicht langsam für die Party bei Jensens Familie fertigmachen?«

Auch wenn ich mit den Augen rollte, insgeheim musste ich Chad recht geben. In nicht einmal zwei Stunden wollte Jensen mich abholen und ich war weder geduscht noch hatte ich eine Ahnung, was ich mit meinen Haaren machen sollte.

Seit der Einweihungsfeier, und die war mittlerweile über drei Wochen her, übernachtete Jensen fast täglich bei mir. Und jeden Tag, den ich ihn besser kennenlernte, sich unsere Beziehung zueinander vertiefte – egal wie locker wir diese Sache angingen, es war eindeutig eine Beziehung, die wir führten –, desto größer wurde auch meine Angst, dass ich etwas übersah. So wie ich bei Matt nicht gesehen hatte, dass er nur aus Bequemlichkeit mit mir zusammengeblieben war. Erst, als ich keinen Nutzen mehr für ihn hatte, hatte er mich abserviert.

Jensen brauchte ganz sicher niemanden, der für ihn bei einer Bank bürgte. Trotzdem war da dieses Gefühl, diese Unsicherheit, dass etwas, das sich so gut anfühlte, nicht real sein konnte. Dass da irgendwo ein Haken war, den ich nur noch nicht gefunden hatte.

Mit einem leisen »Pling« signalisierte mein Handy, das neben dem Foto von Dale und mir auf dem Schreibtisch lag, eine eingehende Nachricht. Sie war von Jensen.

Als hätte er gespürt, dass ich an ihn dachte.

›Ist das Kleid angekommen?‹

Ich sah zum Kleiderbügel, der an einem der Haken an der Tür hing und über dem ein atemberaubendes Cocktailkleid aus smaragdgrüner Seide drapiert war. Es sah auf dem Kleiderbügel schon wahnsinnig sexy aus, und das sagte ich, die sich normalerweise eher weniger mit Kleidung, und wie sie wirkte, befasste.

›Ja, ist es‹, antwortete ich. *›Es sieht toll aus. Vielen Dank!‹*

›Aber?‹

Dieser Mann kannte mich schon viel zu gut. Und er reagierte viel zu schnell, denn als ich ihm nicht sofort antwortete, rief er mich an.

»Was ist los, Kleines?«, wollte er wissen, kaum dass ich das Gespräch angenommen hatte. »Sag ruhig, wenn es dir nicht gefällt. Unser Modelabel hat mehr als genug Kleider zur Auswahl, irgendeins davon wird dir sicher gefallen.«

»Das ist es nicht. Ich denke nur, es ist vielleicht nicht der passende Zeitpunkt. Es ist eine Familienfeier und …«

»Richtig. Und du bist mit mir zusammen, also gehörst du zur Familie.« Er lachte dieses raue, sexy Lachen, das mir direkt zwischen die Beine schoss und mich wünschen ließ, er wäre bei mir. »Ich bin mir absolut sicher, meine Mutter enterbt mich, wenn ich dich noch länger vor ihr verstecke. Du musst also unbedingt mitkommen.«

Unverständliches Gemurmel war im Hintergrund zu hören, auf das Jensen mit »Ich komme sofort« antwortete. »Hör zu, Rory, ich muss in ein Meeting. Wenn du doch lieber etwas anderes möchtest, dann komm her, sieh dich bei *Mercy* um und such dir etwas aus, das dir besser gefällt. Ich sage Robert Bescheid.«

Es war zu bezweifeln, dass ich mich für irgendetwas würde entscheiden können. Nicht in der kurzen Zeit, die mir noch blieb. Außerdem war es wahrscheinlich eine Sünde, überhaupt daran zu denken, dieses traumhafte Kleid umtauschen zu wollen.

»Ich will nichts anderes.«

»Okay, Süße, dann sehen wir uns nachher.«

Jensen hatte bereits aufgelegt, aber ich hielt noch immer das Handy in der Hand und beobachtete, wie das Display langsam schwarz wurde. Bis ich Chads Blick bemerkte, mit dem er mich forschend musterte.

»Ist alles okay?«, wollte er wissen.

»Alles bestens.« Skeptisch sah ich zu den fünf Schachteln mit verschiedenen High Heels, die mit dem Kleid geliefert wurden. »Auch wenn ich zugeben muss, dass ich nervös bin. Ich werde mir bestimmt die Knöchel brechen. Wenn nicht das, dann werde ich sie mir aber zumindest verstauchen und mich bis auf die Knochen auf der Geburtstagsfeier von Jensens Mutter blamieren.«

KAPITEL 13

»Du hast etwas von einer Familienfeier gesagt«, murmelte ich vorwurfsvoll, als ich mich mit Jensen durch die Menge bewegte. »Ich habe mit einer gediegenen Veranstaltung gerechnet. Aber hier herrscht ein Andrang beinahe wie auf einem Rockkonzert.«

Schon als ich aus seinem Mustang gestiegen war, war mir eine Vielzahl an Gästen aufgefallen, die sich vor dem Haus und in der Auffahrt gesammelt hatten. Ich hätte nicht damit gerechnet, dass sich hinter dem Haus, im sehr weitläufigen Garten mit Pool, noch einmal mindestens fünfmal so viele Gäste tummeln würden.

Vor einem weißen, geflochtenen Weidenzaun, der den Abschluss des Gartens bildete, waren zwei große Zelte aufgestellt worden, deren Wände zur Seite gerafft waren. In ihnen befanden sich ein Buffet und eine Bar, zusätzlich noch weiße Korbsessel und Tische, an denen bereits Gäste saßen und sich zwanglos unterhielten.

Mein Blick glitt über den Rasen, der bis auf schmale Streifen an den Rändern mit Holzfliesen abgedeckt wurde, damit keiner der Gäste – vor allem aber die Frauen, die High Heels trugen – mit den Schuhen im weichen Boden versank. Stehtische mit dunkelgrünen Hussen standen im äußeren Bereich strategisch verteilt, der DJ und sein Mischpult noch dahinter in letzter Reihe, sodass in der Mitte Platz für eine kleine Tanzfläche blieb.

»Ich hätte nicht gedacht, dass du Angst vor einer harmlosen Menschenansammlung haben könntest«, murmelte Jensen an meinem Ohr und küsste mich auf die Schläfe. »Du legst dich mit einem großen, bösen Wolf wie mir an, aber hast Angst vor ein paar Schafen. Wie passt denn das zusammen?«

Ich bedachte ihn mit einem grimmigen Blick und entlockte ihm damit ein Lachen. »Du hast überheblich vergessen. Großer, böser und überheblicher Wolf. Außerdem habe ich keine Angst. Ich bin nur etwas … verwundert. Meine Vorstellung von einer Familienfeier weicht von deiner Vorstellung enorm ab.«

»Es ist nicht meine Vorstellung, es ist die meiner Mutter, die nur noch von Eves in den Schatten gestellt wird. Ihre Partys sind normalerweise um einiges größer als das, was du hier siehst. Nur die Einweihungsfeier der »Sunshine-Kids«-Betreuung hat sie kleiner gehalten, aus

Angst, sie könnte sonst Eltern verschrecken, indem ihnen ein falsches Bild vermittelt wird.«

Wir blieben inmitten der Tanzfläche stehen, während sich mehrere Paare um uns herum im Takt der Musik bewegten. Jensen küsste mich sanft und strich mir eine Haarsträhne aus der Stirn.

Es hatte mich Zeit und Nerven gekostet, meine sonst glatten Haare in sanfte Locken zu verwandeln, die ich locker hochgesteckt trug, um mir zusätzlich zu den acht Zentimeter Absätzen etwas mehr Größe zu erschummeln. Aber wenn Jensen mich so bewundernd ansah wie jetzt, mit dieser unverhohlenen Gier, die in seinen dunklen Augen schimmerte, dann war es die Mühe wert gewesen.

»Sollten wir nicht erst einmal schauen, wo deine Mutter ist und ihr gratulieren?«, wandte ich halbherzig ein, als er mich für einen Tanz in seine Arme zog.

Seine Hand strich über meinen Rücken, verharrte knapp über meinem Hintern und machte wieder kehrt, um gleich darauf wieder in Richtung Süden zu wandern. Ein grausam verführerisches Vorspiel mitten in der Öffentlichkeit einer Tanzfläche, das meine Geduld hart auf die Probe stellte und mich wünschen ließ, ich wäre mit ihm allein.

»Keine Sorge, *sie* findet *uns*. Sie findet jeden von uns, wenn sie es will. Das tut sie immer. Wir müssen nicht nach ihr suchen.«

»Wie recht du doch hast, mein Sohn«, erklang eine

amüsierte weibliche Stimme hinter ihm und wir blieben stehen. »Und gerade nach dir halte ich schon den ganzen Abend Ausschau.«

Jensen dreht sich um und küsste seiner Mutter auf die Wange.

Sie war Eves ältere Kopie, eine Schönheit mit kastanienbrauner Lockenmähne, die ihr über Schultern und Rücken fiel, und einer schlanken Figur, der man nicht ansah, dass sie drei Kinder bekommen hatte. Sie hatte dieselben warmen braunen Augen wie Jensen, dennoch wirkte sie nicht alt genug, einen 29-jährigen Sohn zu haben. Geschweige denn einen noch älteren, schließlich war Logan über 30.

»Herzlichen Glückwunsch zum 58. Geburtstag«, sagte Jensen mit einem frechen Grinsen und trat leise lachend beiseite, als seine Mutter ihn aus zusammengekniffenen Augen warnend anfunkelte. Er zog mich an seine Seite und stellte uns einander vor: »Mutter, das ist Rory Hanson. Rory, meine Mutter Kathryn Mercer, die es auf den Tod nicht ausstehen kann, wenn man sie an ihr wahres Alter erinnert.«

»Freut mich, Sie kennenzulernen, Mrs. Mercer.«

»Bloß nicht »Mrs. Mercer«. Kathryn und Du reicht völlig, Rory. Damit fühle ich mich wohler …«, sie zwinkerte mir verschmitzt zu, »… und jünger. Es ist schon schlimm genug, dass mein eigener Sohn, von dem ich dachte, ich hätte ihm ein besseres Benehmen beigebracht, mich ständig daran erinnert, wie alt ich bin.«

»Ja, er hat eine eigenwillige Art, jemandem zu zeigen, dass er ihn mag.« Meine Mundwinkel zuckten, als ich zu ihm aufsah. »Obwohl er weiß, dass es mich ärgert, nennt er mich Shortie.«

»Schäm dich, Jensen.« Sie verpasste ihm einen leichten Schlag gegen die Schulter, lachte dabei jedoch vergnügt. Ihr Blick wanderte zur Bar, dann auffordernd zu ihrem Sohn. »Besorg uns doch bitte ein paar Drinks.«

»Mutter …«

»Nichts da!« Mit einer Handbewegung scheuchte sie ihn fort. »Ich möchte mich ein wenig mit Rory unterhalten.«

Offensichtlicher ging es kaum. Kathryn wollte mich in die Mangel nehmen und ihren Sohn nicht dabeihaben. Gute Zeichen zeigten sich sicherlich anders, oder? Andererseits, sie zeigte sich mir gegenüber keineswegs abgeneigt, sondern auffallend freundlich. Aber was wusste ich schon über Mütter von Männern, mit denen ich ins Bett ging. Kathryn war die erste, die ich überhaupt kennenlernte, und ich hoffte inbrünstig, sie war tatsächlich so liebenswürdig, wie sie mir erschien.

»Du bist also die Frau, die meinen ungezügelten Sohn gezähmt hat«, sagte Kathryn belustigt, nachdem Jensen Richtung Bar verschwunden war. Sie bedeutete mir, ihr an den Rand der Tanzfläche zu folgen, damit wir niemandem im Weg waren. »Ich hatte ja schon befürchtet, du würdest ewig auf dich warten lassen und ich müsste ein ernstes Wörtchen mit ihm reden.«

»Ich bin mir nicht sicher, ob »gezähmt« der richtige Ausdruck ist. Das zwischen Jensen und mir ist alles noch recht frisch, für uns beide neu. Wir lernen uns noch immer kennen und ich denke, in dieser Phase nimmt man sich unwillkürlich etwas mehr zurück, vor allem, wenn man in der Vergangenheit schlechte Erfahrungen gemacht oder Fehlentscheidungen getroffen hat.«

»Interessant.« Sie neigte den Kopf, als müsste sie mich aus einem anderen Blickwinkel betrachten. »Und bewundernswert. Du bist ein »gebranntes Kind« und trotzdem besitzt du den Mut, es ausgerechnet mit einem Mann mit dem Ruf meines Sohnes erneut zu versuchen, anstatt mit einem, sagen wir mal, etwas bodenständigeren Mann.«

Gebranntes Kind. Wie viel hatte Jensen seiner Mutter von mir erzählt? Wusste sie von Matt und den Schulden, die er mir hinterlassen hatte? Die ich zwar zu einem Teil, aber eben noch nicht komplett getilgt hatte. War sie etwa davon ausgegangen, ich wäre hinter ihrem Sohn wegen seines Geldes her? Ich konnte es ihr nicht einmal verübeln, wenn es so wäre. Denn in der Vergangenheit hatten sich eine Menge Darlas an Jensen herangemacht, das konnte Kathryn nicht verborgen geblieben sein.

»Andere würden es nicht mutig nennen, sondern eher verrückt.«

Kathryn sah sich nach Jensen um, der an der Bar gerade eine Bestellung aufgab, ehe sie ihre Aufmerksamkeit wieder auf mich richtete. Ein sanftes Lächeln spielte um ihre Lippen. »Dann hoffe ich, dass du vollkommen verrückt bist. Denn ich glaube, du bedeutest meinem Sohn sehr viel. Du scheinst diejenige zu sein, die er braucht und nach der er – vielleicht auch unbewusst – lange Zeit gesucht hat, seit Logan mit Lauren zusammengekommen ist. Die beiden wirst du heute Abend sicherlich auch noch kennenlernen.« Sie musterte mich von oben bis unten. »Das Kleid, das du trägst, ist eines von Laurens neuen Designs. Kennt ihr euch etwa schon?«

»Nein, bisher nicht.«

Ich rief mir das Bild der Frau in Erinnerung, die neben Logan Mercer gestanden hatte. Kupferblonde Locken, schlank, eine Schönheit wie aus einem Modemagazin. Wie jene, die gerade in einem cremefarbenen Wickelkleid die Treppen von der Terrasse herunterstieg und auf uns zuhielt.

Lauren blieb neben uns stehen, zog Kathryn in eine Umarmung, um ihr zu gratulieren, und wandte sich danach zu mir um.

»Hallo Rory, endlich lernen wir uns kennen.« Ihr Lächeln war herzlich und offen, eines von der Sorte, das es einem ganz leicht machte, einen Menschen zu mögen. So war es mir damals auch mit Chad gegangen. Ich hatte den neuen Nachbarsjungen über die niedrige Hecke hinweg beobachtet, er hatte sich umgedreht, mich offen angelächelt und ich hatte innerhalb von Sekunden beschlossen, dass ich ihn zum Freund haben musste. Bei Lauren hatte ich ein ganz ähnliches Gefühl. »Ich hatte ja gehofft, Jensen würde mit dir mal zum Abendessen vorbeikommen. Aber Logan meinte, ich soll nicht so ungeduldig sein, ihr beide würdet wohl erst einmal für euch sein wollen.«

Was sollte ich darauf antworten? Ich konnte nicht einfach über Jensens Kopf hinweg Entscheidungen für ihn treffen. Er hatte ja selbst gesagt, dass er mit seinem Bruder Probleme gehabt hatte. Auch wenn sie aus dem Weg geräumt waren, vielleicht waren sie trotzdem der Grund, dass Jensen bisher einem gemeinsamen Essen aus dem Weg gegangen war.

»Ich bin mir sicher, es klappt bald einmal.«

Klang das neutral genug?

»Das werte ich als Zustimmung.«

Offenbar nicht.

Lauren sah über mich hinweg und ihr Lächeln wurde zu einem Strahlen. »Rory hat gerade zugestimmt, dass ihr nächste Woche zum Essen zu uns kommt.«

Hatte ich das?

»Hat sie das?« Jensen reichte seiner Mutter einen Gin Tonic, mir einen Martini und bot seinen eigenen Lauren an, die jedoch lächelnd ablehnte, bevor er mich an seine Seite zog.

»Also eigentlich …«, stammelte ich und sah hilfesuchend zu Jensen.

Irgendetwas war anders. Jensen wirkte nicht mehr so gelöst wie vor ein paar Minuten und für den Bruchteil einer Sekunde stand ein schmerzlicher Ausdruck in seinen Augen. Er verschwand jedoch so schnell wieder, dass ich mir fast sicher war, ich hätte ihn mir nur eingebildet. Ein Blinzeln und das Bedauern war aus seinem Blick verschwunden.

»Ja, hat sie.« Mich traf ein Blick aus grünen Katzenaugen, mit dem Lauren mich anflehte, ihr den Wunsch nicht abzuschlagen.

Und ich knickte ein.

»Irgendwie schon, ja«, sagte ich, kippte hastig den Martini runter und stellte das leere Glas auf dem Stehtisch neben uns ab.

Eve tauchte in der Menge auf, direkt hinter ihr Jaxon und Logan, der seinem Bruder von Nahem noch immer unheimlich ähnlichsah, wenn auch nicht mehr so sehr, dass man beide Männer verwechseln könnte. Jensen verspannte sich neben mir, seine Finger bohrten sich beinahe schmerzhaft in meine Hüfte, weil er mich fester gegen sich presste, und ich war vollends verwirrt. Weil ich mir die Veränderung in seinem Verhalten nicht erklären konnte.

Kaum kam Eve mit den beiden Männern bei uns an, änderte sich die Stimmung. Sie verlor ihre Unbeschwertheit und erschien mir plötzlich erdrückend, wie ein Gewitter, das sich aus dem Nichts über unseren Köpfen zusammenbraute. Dabei war nicht eine Wolke am Abendhimmel zu sehen.

»Verdammt, Lauren, sag nicht, du hast sie schon eingeladen?«, wollte Eve mit niedlichem Schmollmund wissen. »Ich hätte dir nichts von ihr erzählen dürfen.«

War ich die Einzige, die die Veränderung spürte? Nein, Jensen musste sie auch spüren, woher sonst rührte seine plötzliche Anspannung, die in seinen Muskeln zu vibrieren schien? Aber der Rest von uns …

Logan begrüßte mich lächelnd und stellte sich neben Lauren. Jaxon scherzte mit seiner Schwiegermutter in spe und zeigte sich zur Abwechslung mal umgänglich. Lauren und Eve stritten sich neckend, wie es nur langjährige Freunde taten, die einander in- und auswendig kannten. Alles war normal. Oder?

»Natürlich habe ich sie eingeladen, ich wäre dumm, hätte ich meinen Vorteil nicht genutzt. Ich wusste, du würdest wie immer trödeln. Und voilà … gewonnen. Du bist zu spät, jetzt gehört sie mir.«

Ich gehörte ihr?

»Das wird sich erst noch zeigen.«

»Lauren, Süße, ich glaube, du und Eve, ihr überfordert Rory gerade«, sagte Logan mahnend und küsste sie zärtlich auf die Schläfe. »Sie sieht irgendwie verschreckt aus.«

»Wir überfordern sie keineswegs.«

Darin waren sich die beiden Frauen offenbar einig, denn Eve nickte eifrig. »Wir heißen sie nur in der Familie willkommen, mit allem, was dazu gehört. Einschließlich …«

»Aber nicht ausgerechnet heute und jetzt«, fiel Jensen seiner Schwester barsch ins Wort, sodass Eve mit dem

Plappern aufhörte und ihn überrascht ansah. Und nicht nur sie. Auch die Paare neben uns richteten ihre Aufmerksamkeit auf Jensen, dessen Miene zu einer Maske erstarrt war. Dann griff er nach meiner Hand und zog mich eilig von seiner Familie fort.

Was zur Hölle passierte hier gerade?

Ich sah über meine Schulter zurück und überlegte, ob ich mich zumindest bei Kathryn für unseren abrupten Abgang entschuldigen sollte. Aber als ich ihre besorgte Miene sah, fehlten mir plötzlich die Worte. Stattdessen machte sich ein ungutes Gefühl in meinem Inneren breit, die leise Ahnung, dass irgendetwas nicht so war, wie es sein sollte.

»Was soll denn das?« Ich tippelte hinter ihm her und verfluchte im Stillen die High Heels an meinen Füßen, während er am Rand der Holzfliesen entlang in Richtung der Zelte lief. »Jensen? Lauf gefälligst langsamer. Ich will dir keine Szene machen müssen, indem ich dich mit einem Tritt niederstrecke.«

Er wurde tatsächlich etwas langsamer und bog Richtung Buffet ab. »Das schaffst du nicht.«

»Führ mich nicht in Versuchung, es dir beweisen zu wollen, Mercer.«

Wir blieben nicht beim Buffet stehen, wie ich gehofft hatte, denn mein leerer Magen machte sich bei Anblick der Köstlichkeiten auf den ausgestellten Platten bemerkbar, sondern liefen daran vorbei und auf den geflochtenen Weidezaun zu. Oder besser auf eine Lücke zwischen den Zaunelementen.

Jensen zwängte sich hindurch, zog mich hinter sich her und blieb seit Beginn der irrationalen Flucht zum ersten Mal stehen. Jetzt, wo der Weidenzaun sich zwischen uns und der Ansammlung feiernder Partygäste und seiner Familie befand.

»Ich will endlich wissen, was das soll. Warum willst du erst, dass ich mit dir hierherkomme, nur um mich dann keine halbe Stunde später wieder wegzuzerren? Ist irgendetwas passiert?«

Er riss mich in seine Arme und küsste mich mit einer solchen Verzweiflung, dass ich in einer Woge wilden Verlangens versank, ob ich wollte oder nicht. Er schaltete meinen Verstand aus, dass ich mich kaum noch daran erinnern konnte, warum ich eigentlich wütend auf ihn war. Meine Finger krallten sich in den Stoff seines Sakkos und hielten mich aufrecht, denn ich befürchtete, meine Beine könnten jeden Augenblick unter mir nachgeben.

»Tut mir leid, Süße«, stieß er atemlos hervor. »Es ist nichts passiert. Aber für einen Tag ist es genug. Ich will dich nicht länger mit ihnen teilen und brauche mehr Zeit allein mit dir. Ich bin nun einmal ein egoistisches Arschloch und will dich nur für mich.«

Ein warmes Gefühl breitete sich in meiner Brust aus, aber ich wollte es nicht hinterfragen, sondern einfach genießen und schmiegte mich in seine Umarmung. »Dafür hättest du mich nicht wie ein Irrer von der Geburtstagsfeier deiner Mutter wegzerren müssen. Sie sah eben nicht besonders begeistert aus.«

»Sie wird es verstehen.«

»Wird sie es auch zweimal verstehen?«

Ich sah mich demonstrativ um. Auf der einen Seite befand sich neben uns der weiße Zaun, auf der anderen eine Rasenfläche, an der sich eine parkähnliche Anlage anschloss. Mehrere Wege führten an verschiedenen Stellen hinein. Ich konnte sanftes Licht von Laternen erkennen, das die Wege erhellte. Würde es nicht bereits dunkel werden, hätte ich nichts lieber getan, als den kleinen Park zu erkunden. Aber ganz sicher nicht in diesem Kleid und mit diesen Schuhen.

»Wir müssen da …«, ich wies mit dem Kinn zum Zaun, »… nämlich wieder durch, wenn wir in dein Zimmer oder zu deinem Auto wollen. Denn mit den High Heels komme ich auf dem Rasen nicht weit.«

»Müssen wir nicht. Noch nicht.« Ein freches Grinsen verzog seine Lippen. »Bereit für ein kleines Abenteuer, Baby?«

Bevor ich es mich versah, hing ich über seiner Schulter. Einen Arm drückte er in meine Kniekehlen und hielt mich damit fest.

»Jensen?« Ich stützte eine Hand auf seinem Rücken ab, mit der anderen hielt ich meine Clutch umklammert, und sah über meine Schulter. »Was hast du vor?«

»Mit dir allein sein, dich vögeln und wenn wir danach noch klar denken können, reden.«

»Hier draußen?«

Obwohl der Weg, den Jensen benutzte, eher einem Trampelpfad glich, machte er große Schritte, sodass der Boden unter mir nur noch durchrauschte. Der Geruch nach frisch gemähtem Rasen hüllte mich ein, vermischte sich mit Jensens männlich herbem Duft und ich unterdrückte ein sehnsüchtiges Aufseufzen.

»Warum nicht? Reden geht auch hier draußen hervorragend.«

»Das meinte ich nicht.« Ich verpasste seinem Rücken einen Hieb mit der geballten Faust. »Wir sind doch bestimmt nicht die Einzigen, die jetzt noch hier draußen sind. Wir können hier keinen Sex haben.«

Jensen versetzte mir einen Klapps auf den Hintern und lachte. »Hier ist niemand außer uns beiden. Die Weidenzaunelemente wurden nicht umsonst aufgestellt. Mutter will die Partygäste vom Park fernhalten, damit sie am Ende nicht irgendjemanden suchen lassen muss. Alles, was du hier siehst, gehört zum Anwesen. Der Park, der See mittendrin …«

»Ihr habt einen eigenen See?«

»Ja.«

»Wie dekadent. Niemand sollte einen eigenen See besitzen.«

»Findest du? Mal sehen, ob ich deine Meinung nicht ändern kann.«

Jensen trug mich an dichtem Gebüsch vorbei, aber nicht tiefer in den Park hinein, sondern bog nach rechts ab.

Der schmale Pfad wurde unwegsamer und Jensen langsamer. Als ich das leise Wasserplätschern hörte, wusste ich auch, warum. Wir mussten ganz nah beim See sein.

Aus dem Knacken von Zweigen und Rascheln von Blättern unter Jensens Schuhen, wurde ein Knirschen von Kies, dann das Geräusch von festen Schritten auf einem Holzsteg, unter dem sanfte Wellen Richtung Ufer schwappten.

»Ich kann jetzt wieder alleine laufen«, sagte ich und versuchte, mehr von meiner Umgebung zu sehen, als er kurz stehenblieb und an einem Sicherungskasten die Beleuchtung des Stegs einschaltete. Aber die Überkopfposition machte es mir schwer, obwohl ich mich gegen seinen Rücken stemmte, um einen besseren Blick zu haben.

»Nein, kannst du nicht.« Er tätschelte meinen Hintern und lief weiter. »Hier oben bist du sicher. Du würdest sonst nur mit den Absätzen in den Lücken des Stegs hängenbleiben.«

»Ich mag es überhaupt nicht, wenn du mich bevormundest«, murrte ich, während ich insgeheim seine Hand an meinem Hintern genoss. Das zärtliche Streicheln, von dem ich mir nicht sicher war, ob er es bewusst oder unbewusst tat.

»Ich bin nur vorsichtig. Das nennt man vorausschauendes Handeln, Sweety. Wenn du umknickst, verdirbt es uns beiden den Abend und höchstwahrscheinlich die Nacht. Ich kann dich nicht flachlegen, muss dich zurücktragen und im schlimmsten Fall ins Krankenhaus bringen. Und das ist inakzeptabel.« Er blieb stehen und ließ mich langsam an seinem Körper heruntergleiten, bis ich wieder auf meinen eigenen Füßen stand. Dann küsste er mich verlangend.

»Und?«, murmelte er an meinem Mund, als die Welt aufhörte, um mich herumzutänzeln. »Überzeugt?«

Ich drehte mich um und hielt den Atem an. Dieser See war traumhaft, eine Oase inmitten der industriellen Wüste einer Großstadt. Wenn ich es nicht besser wüsste, hätte ich gedacht, wir befanden uns nicht mehr in Phoenix. Ringsum waren nichts anderes als Bäume und Sträucher als dunkle Schatten zu sehen und mittendrin der See, in dem sich der Mond und die Sterne spiegelten.

Vom Hauptsteg, der mehrere Meter in den See hineinragte, führte ein etwas schmalerer Steg nach links zu einem kleinen Stelzenhaus mit großen Fenstern und einer Veranda, die rundherum führte und von mehreren Wandleuchten erhellt wurde.

»Ich habe meine Meinung geändert. Absolut jeder sollte einen eigenen See wie diesen besitzen«, sagte ich beeindruckt und sah über meine Schulter. »Können wir schwimmen gehen?«

Als Antwort spürte ich seine Finger an meinem Rücken. Sie öffneten den schmalen Reißverschluss und strichen über meine Haut, während sie die breiten Träger über meine Schultern schoben, bis das Kleid an meinem Körper herabrutschte und sich um meine Füße bauschte. Jensen drückte seine Lippen in meine Halsbeuge, küsste sich meinen Hals hinauf und zupfte an meinem Ohrläppchen.

»Fünf Minuten Schwimmen, eine Stunde Sex«, raunte er an meinem Ohr und nahm mir die Clutch ab.

Nur mit Mühe unterdrückte ich ein Stöhnen, als der BH von meinem Körper rutschte und sich seine Hände von hinten auf meine Brüste legten und sie liebkosten.

»Der Tausch erscheint mir nicht besonders fair. Bist du immer so knallhart in deinen Verhandlungen?«

»Du hast mich noch nicht knallhart erlebt, Süße.«

Ich schmiegte meinen Rücken an seine Brust und rieb meinen Hintern an seiner Erregung, die sich fest gegen den Stoff seiner Hose drückte.

»Ich denke doch.«

Jensen stieß an meinem Nacken ein Knurren aus, das an meiner Wirbelsäule hinabvibrierte und Blitze in meinen Unterleib schoss.

»Du bekommst fünf Minuten. Ich warte schon den ganzen Tag darauf, dich endlich wieder unter mir zu haben.«

»Zehn Minuten.« Mir entfuhr ein lautes Keuchen, als Jensen hinter mir in die Knie ging und mich in den Po biss.

»Es gibt absolut keinen Verhandlungsspielraum, Rory.« Seine Finger hakten sich unter die dünnen Bändchen meines Tangas und schoben ihn meine Beine hinab. »Das Wasser ist frisch, aber nicht kalt«, erklärte er, als er mir die High Heels von den Füßen zog, wieder aufstand und mich zu sich herumdrehte. Lächelnd tupfte er mir einen Kuss auf die Lippen. »Und du solltest vielleicht die Luft anhalten.«

Mein »Was?« ging in ein erschrockenes Quietschen über, als Jensen mich schnappte und in den See warf. Das Wasser schlug über mir zusammen und saugte mich für einen Augenblick in die Tiefe, bis ich mit kräftigen Arm- und Beinbewegungen wieder an die Oberfläche schwamm.

»Das passiert, wenn du versuchst, mit mir zu verhandeln, wo es nichts zu verhandeln gibt.« Jensen lehnte lässig an einem Holzpfosten und tippte auf seine Uhr. »Tick Tack, Baby, fünf Minuten sind wahnsinnig schnell um.«

»Kommst du gar nicht rein?«, wollte ich wissen und schwamm näher an den Steg heran.

»Nein, ich bin wasserscheu.«

»Jetzt lügst du mich an.«

»Erwischt. Ich bleibe lieber hier und passe auf, dass du nicht untergehst.« Wieder ein Blick auf die Uhr. »Noch drei Minuten und 51 Sekunden. Du solltest endlich schwimmen.«

Ich spritzte ihm etwas Wasser entgegen und drehte ab, tauchte unter und schwamm mit kräftigen Zügen weiter raus. Ich ließ mich vom Wasser tragen und genoss das Gefühl, wie es kühl über meinen Körper strich.

»Noch 57 Sekunden«, hörte ich Jensen, als ich wieder auftauchte. Kurz darauf: »Komm raus, Rory.«

»Gleich. Nur noch ein kleines bisschen.« Ich drehte mich in Rückenlage, bewegte meine Arme gemächlich auf und ab und ließ mich an der Wasseroberfläche treiben. Wahrscheinlich sollte ich Jensens Geduld nicht zu sehr auf die Probe stellen, aber dafür, dass er mich ins Wasser geworfen hatte, hatte er es nicht anders verdient.

Mit einem Seufzen drehte ich mich in die Bauchlage, um die wenigen Meter zum Steg zurückzuschwimmen, doch Jensen war nirgends mehr zu sehen. Nicht auf dem breiten Steg und auch nicht auf dem schmalen Steg, der zum Stelzenhaus führte.

Mein Blick glitt über die dunkle Wasseroberfläche hinweg, auf der sich winzige Wellen kräuselten, die jedoch von meinen eigenen Armbewegungen herrührten. Obwohl ich wusste, dass er keinesfalls hinter mir sein konnte, drehte ich mich einmal um die eigene Achse und rief: »Jensen?«

War er etwa zurück zum Haus gegangen und hatte mich hier allein gelassen?

Nicht einmal einen Meter von mir entfernt stiegen plötzlich Bläschen an die Oberfläche, ich bewegte mich ein Stück zurück und stieß gegen etwas Hartes, das es vorher noch nicht dagewesen war.

Ich wirbelte herum und starrte Jensen verblüfft an. Wasser tropfte aus seinen Haaren, lief ihm über Stirn und Gesicht und versickerte in seinem Bart.

»Du hast mich erschreckt«, sagte ich vorwurfsvoll und bewegte mich langsam rückwärts und in Richtung der

Leiter, die aus dem Wasser und auf den Steg führte. Ich hatte keine Angst, aber das bedrohliche Funkeln in seinen dunklen Augen ließ mich vorsichtig sein.

»Und du hast dich nicht an unsere Abmachung gehalten, sodass ich reinkommen musste, um dich zu holen.«

»Das hättest du nicht gemusst, wenn du nur ein klein wenig länger gewartet hättest, ich war doch auf dem Weg.«

Seine Lippen verzogen sich zu einem teuflischen Lächeln, während er mich weiter vor sich hertrieb. »Ich bin kein besonders geduldiger Mann, wenn ich etwas haben will. Und dich will ich unbedingt. So sehr, dass es mich schier wahnsinnig macht, wenn ich noch länger warten muss.«

»Vielleicht könnte ich dir ja etwas anbieten, als Wiedergutmachung sozusagen. Du stehst doch auf Entschädigungen.«

Jensen machte einen Zug und kam mir so nah, dass ich bloß noch die Hand aus dem Wasser heben musste, um sein Gesicht zu berühren. »Du schuldest mir zwar noch die letzte Entschädigung, aber rede weiter. Was willst du mir anbieten?«

Ich stieß mit dem Rücken gegen die Leiter aus Edelstahl und hielt mich mit einer Hand daran fest. Die andere legte ich ihm auf die Brust, als Jensen sich gegen mich drängte.

»Ein Kuss?«

Ich spürte seine Hände an meinen Oberschenkeln, er

strich über die Außenseiten, die empfindlichen Innenseiten. Dann zwängte er seinen Körper zwischen meine Schenkel und ich umschlang ihn mit meinen Beinen.

»Das ist mir zu wenig. Ich will mehr.«

»Sei nicht so gierig.«

Mir stockte der Atem, als er seine pralle Männlichkeit gegen mein Zentrum presste und sich mit einem leisen Stöhnen an mir rieb. Meine Klit pochte vor sehnsüchtigem Verlangen, das mit jeder seiner Bewegungen, jeder noch so winzigen Reibung weiterwuchs.

»Wann hast du dich das letzte Mal testen lassen?«

»Was?« Verwirrt sah ich ihn an. »Vor zwei, nein drei Wochen. Es war alles okay, warum?«

»Ich habe mich letzte Woche testen lassen und es war alles in Ordnung. Nimmst du die Pille?«

Die Bewegung seines Beckens, das beständige Reiben seiner Härte zwischen meinen Schamlippen, seine Finger, die meine Brüste liebkosten, die Brustwarzen reizten, dass ich am liebsten vor Lust schreien wollte. Es war alles zu viel und doch nicht genug.

»Antworte mir, Rory«, forderte Jensen mit rauer Stimme und führte meine Hände über meinen Kopf, damit ich mich an einer höhergelegenen Sprosse festhielt. »Nimmst du die Pille? Denn wenn nicht, müssen wir so schnell wie möglich hier raus.«

»Ja. Ja, natürlich nehme ich sie.«

»Dann will ich das.« Jensen neigte sich vor und presste gierig seinen Mund auf meine Lippen. »Ich will dich spüren. Nur dich, ohne Gummi. Das akzeptiere ich als Entschädigung.« Er küsste sich an der Linie meines Kiefers entlang, bis zu meinem Ohr. »Bist du einverstanden?«

Ich wölbte mich seinen streichelnden Händen entgegen und nickte. »Ja.«

Jensen legte eine Hand zwischen meine beiden auf die Sprosse, an der ich mich festhielt, schob die andere zwischen unsere Körper und führte seinen Schaft zu meinem Eingang. Vorsichtig drang er in mich ein, dehnte meine Muskeln, die sich gierig um seine Härte schlossen, und beschrieb mit dem Daumen sinnliche Kreise um meine Perle.

»Gottverdammt, fühlt sich das gut an«, keuchte er an meinem Mund. Auf einer der tiefer liegenden Sprossen fand er Halt für seine Füße, drückte sich dadurch noch tiefer in mich hinein und hob meinen Oberkörper ein Stück aus dem Wasser. »Du fühlst dich fantastisch an.«

»Mach weiter.« Ich schlang meine Beine fester um seine Hüften, klammerte mich an ihm fest, während Jensen mich mit harten, schnellen Stößen gegen die Leiter fickte und das Wasser in unruhigen Wellen gegen unsere Körper schwappte.

Seine Stöße wurden unkontrollierter, der Daumen an meiner Klit bewegte sich schneller, übte mehr und mehr Druck aus, als versuchte er, den Orgasmus aus mir herauszupressen. »Komm, Baby, komm.«

Ich stöhnte seinen Namen, meine Hände zitterten von der Anstrengung, die Sprosse zu umklammern. Mein ganzer Körper brannte vor Verlangen, obwohl er von kühlem Seewasser umspült wurde. Immer stärker verfing ich mich in einem Netz purer Lust, das sich enger und enger um mich zusammenzog, bis ich mit Macht über die Klippe geschleudert wurde.

Jensen drückte mich mit seinem Körper fest gegen die Edelstahlleiter, erschauerte und verströmte sich mit einem erleichterten Aufstöhnen tief in mir.

»Gib mir … einen Moment …«, stieß er atemlos hervor und presste seine Lippen auf die Stelle an meinem Hals, unter der mein Puls raste, »… dann bringe ich uns hier raus.«

Ich löste meine Hände von der Leiter, schlang meine Arme um seinen Nacken und rieb meine Wange an seiner. Dann murmelte ich verträumt: »Lass dir ruhig Zeit. Ich bin genau da, wo ich sein will.«

KAPITEL 14

Ich fühlte mich erledigt, vollkommen ausgelaugt – auf eine sehr, sehr gute Art und Weise. Als hätte ich die ganze Nacht hindurch Sex gehabt, was auch annähernd so war. Im See, auf dem Steg, im Stelzenhaus, das für seine geringe Größe hervorragend ausgestattet war mit einem breiten Futon-Bett vor dem Fenster, das die gesamte Front des Hauses einnahm, sodass man freie Sicht auf den See hatte, einer winzigen Küche, in deren Schränke jedoch nur Geschirr stand, und ein noch kleineres Badezimmer. Es war ein niedliches Gästehaus, oder eher ein Liebesnest.

Ich rekelte mich ausgiebig, dann setzte ich mich auf und sah mich nach Jensen um, der mich bis vor Kurzem noch in seinen Armen gehalten hatte. Allmählich gewöhnte ich mich daran, dass er selbst im Schlaf besitzergreifend war, mich eng umschlungen und an sich gedrückt hielt, sodass ich durch seine Körperwärme nicht einmal eine Decke benötigte.

Mein zerknautschtes Kleid, die Dessous und meine Handtasche lagen am Fußende des Bettes, auf dem flauschigen Läufer davor standen die High Heels. Von Jensen war nirgends etwas zu sehen. Wahrscheinlich besorgte er uns gerade irgendetwas für das Frühstück und plünderte die Reste des Geburtstagsbuffets.

Ich schlug die Bettdecke zurück, stand auf und tapste ins Badezimmer, das nicht viel größer als eine Telefonzelle, aber funktional eingerichtet war. Toilette, Waschbecken, selbst eine Dusche war darin untergebracht. Statt in offenen Regalen befanden sich die Pflege- und Kosmetikartikel in in den Wänden eingelassenen Schränken mit Drucktüröffnern. Welcher Architekt auch immer dieses Stelzenhaus geplant hatte, hatte wirklich jeden Zentimeter Platz genutzt und es obendrein mit der hellen Holzoptik auch noch gut aussehen lassen.

Ich erledigte auf der Toilette, was ich erledigen musste, und betrachtete mich danach schmunzelnd im Spiegel. Meine Haare sahen aus, als hätte sich über Nacht darin ein Vogel ein Nest gebaut, und die Haut an meinem Hals, im Dekolleté- und Brust-Bereich wies noch immer leichte Rötungen auf. Wer hätte gedacht, dass der Bart eines Mannes beim Sex als ein so sinnliches Folterinstrument zum Einsatz kommen könnte?

Ich suchte Duschgel, Shampoo und Handtücher aus

den Schränken heraus und stieg unter die Dusche. Nachdem ich mich mit Bodylotion eingecremt hatte, die Zähne geputzt und meine Haare ordentlich gekämmt und mit einer Klammer am Hinterkopf festgesteckt waren, ging ich zurück in den Schlaf- und Wohnbereich, um mich anzuziehen.

Fünf Minuten vergingen, zehn, dann wurde ich unruhig. Nicht einmal die herrliche Aussicht auf den See und den Park dahinter konnte mich noch ablenken. Jensen musste seit mindestens einer halben Stunde fort sein, eher länger. Und eine Nachricht hatte er mir nicht hinterlassen. Wollte er, dass ich zum Frühstück – oder eher Brunch – ins Haus kam? Oder sollte ich hier auf ihn warten? Er hatte ja gesagt, er wollte lieber mit mir allein sein.

Mein Magen knurrte protestierend und ich zog eine Grimasse, weil mir bewusst wurde, dass ich seit dem Mittag am Tag zuvor nichts mehr gegessen hatte. Die Küche im Stelzenhaus gab nichts Essbares her, also würde ich wohl oder übel zurück ins Haupthaus müssen, damit ich endlich etwas zu Essen bekam.

Ich nahm meine Clutch vom Bett, sammelte die High Heels vom Boden und verließ das Stelzenhaus. Am Ende des Stegs, als der Kies in festeren Boden überging, schlüpfte ich in die High Heels und lief den Trampelpfad zurück. Ich schob mich durch die Lücke im Weidenzaun, der genau wie die Zelte und das Mobiliar noch nicht wieder abgebaut wurde, und stieg die Stufen zur Terrasse hoch.

Die Glastüren standen weit offen, trotzdem fühlte ich mich wie ein Eindringling, der hier nichts zu suchen hatte, als ich das Haus betrat. Die Absätze meiner Schuhe klackerten leise über die Fliesen, aber das Geräusch hallte wie Hammerschläge im weitläufigen Wintergarten wider. Ich folgte einem kurzen Flur und blieb am Ende neben einer wenigstens 1,80 Meter großen Zimmerpalme stehen, als sich vor mir ein Eingangsbereich in der Größe einer Sporthalle eröffnete.

Rechts von mir befand sich die doppelflügelige Eingangstür, die wir am Abend zuvor aber nicht benutzt hatten, denn Jensen war mit mir außen um das Haus herumgegangen. Ich hatte also keine Ahnung, wo ich lang musste, um zur Küche zu kommen. Zwei Flure befanden sich schräg links von mir, eine Treppe, die nach oben führte, daneben ein weiterer Flur und zwei geschlossene Türen, sodass ich nicht sehen konnte, welche Räume sich dahinter befanden.

Mit einem Schulterzucken entschied ich mich für den ersten Flur und wollte gerade weitergehen, als ich erst ein vergnügtes, weibliches Lachen und dann Jensens Stimme hörte.

»Lauren, Kleines …« Der Rest ging in einem metallischen Scheppern unter, als wäre ein Serviertablett auf Fliesen gefallen. Gedämpftes Gemurmel war zu hören und ich fragte mich in Gedanken noch immer: *»Lau-*

ren? Kleines?« Dabei ahnte ich bereits, nein, eigentlich wusste ich sogar mit Sicherheit, was es zu bedeuten hatte. Schon allein deswegen, weil ich diesen bohrenden Schmerz in meiner Brust spürte, der mit jedem Herzschlag weiter zunahm.

Eine Tür am Ende des Flurs, in den ich hatte gehen wollen, flog auf, gegen die Wand und Jensen kam mit eiligen Schritten aus der Küche, Lauren auf seinen Armen, die ihren Kopf an seine Schulter gelehnt hatte. Er sah auf sie hinab, während er auf die Treppe zulief, redete leise auf sie ein, doch ich verstand durch das Rauschen in meinen Ohren kein Wort. Alles, was ich in diesem Augenblick verstand, war, dass Jensen sich so sehr auf die Frau in seinen Armen konzentrierte, dass er mich neben dieser dämlichen Zimmerpalme nicht einmal bemerkte.

Plötzlich passten die Teile des Puzzles zusammen, die für mich keinen Sinn ergeben hatten. Das Bedauern in Jensens Augen, als Lauren zu uns stieß. Seine spürbare Anspannung, als Logan hinzukam, und dann die abrupte Unterbrechung, weil Eve mich in der Familie willkommen heißen wollte. Es hatte keinerlei Sinn ergeben, dass er mich von der Party wegzerrte, aber ich hatte es hingenommen und mich sogar noch geschmeichelt gefühlt, als er sagte, dass er es getan hatte, weil er mit mir allein sein wollte.

Ich hatte die Veränderung gespürt, diese aufgeladene Stimmung, aber ich hatte sie nicht hinterfragt. Denn wenn ich es getan hätte, dann hätte ich herausgefunden, dass Jensen selbst es war, der die Veränderung verursacht hatte. Aber ich hatte mich von ihm ablenken lassen, weil ich es nicht sehen wollte, dabei war es so offensichtlich gewesen.

Ich sah ihnen nach und beobachtete, wie Jensen Lauren die Treppe hinauftrug, höchstwahrscheinlich in irgendein Schlafzimmer. Und der Riss in meinem Herzen ging noch ein klein wenig tiefer.

Nachdem sie aus meinem Sichtfeld verschwunden waren, wandte ich mich ab, umrundete die Zimmerpalme und schleppte mich zur Eingangstür. Ich wollte nur noch weg, musste weg, weil es auch gar keinen Grund mehr gab, noch länger zu bleiben.

»Rory?« Jaxon. »Hat dich der Hunger ins Haus getrieben?«, fragte er amüsiert und ich drehte mich zu ihm um, die Hand bereits auf dem Türgriff.

Er stand in dem zweiten Flur direkt neben der Treppe, ein spöttisches Grinsen im Gesicht, das jedoch verschwand, als er mich genauer betrachtete.

»Ist irgendwas passiert?«

»Nein. Es ist alles okay.«

»Du siehst nicht aus, als wäre alles okay.«

Ich ging nicht darauf ein. »Wenn ich dir eine Frage stelle, würdest du sie mir ehrlich beantworten, Jaxon?«

»Ja, natürlich.«

Das glaubte ich ihm sogar, denn seine Dreistigkeit gründete sich hauptsächlich darauf, dass er schonungslos ehrlich war und sagte, was er dachte, egal wen er damit vor den Kopf stieß.

»Ist Lauren der Grund, warum Logan und Jensen sich nicht so gut verstehen?«

»Ja, ist sie.« Er kam langsam näher, blieb aber in etwas Entfernung von mir stehen. Als befürchtete er, ich könnte die Flucht ergreifen, wenn er mir zu nahekam. Er schob die Hände in die Hosentaschen und gab sich lässig, doch mich konnte er mit dieser Geste nicht täuschen, denn in seinen Augen stand ein wachsamer Ausdruck. »Hat Jensen es dir also endlich gesagt?«

Was gesagt?, wollte ich Jaxon anschreien. *Dass er mich die ganze Zeit angelogen hatte? Dass er eine andere Frau liebte?* Lauren, die er gerade in seinen Armen gehalten hatte, die mit seinem Bruder zusammen war und die mir obendrein noch so sympathisch war, dass ich sie gerne als Freundin gehabt hätte.

Konnte es eigentlich noch abstruser werden? Ich mochte ausgerechnet die Frau, die von dem Mann geliebt wurde, in den ich mich verliebt hatte, obwohl ich es hätte besser wissen müssen. Das wäre die perfekte Storyline für eine Daily Soap.

»Ja.« Eigentlich nein, aber wer wollte schon kleinlich sein? Ich wusste es ja nun, wenn auch nicht von Jensen.

»Ist das etwa ein Problem für dich?«

Natürlich. Für welche Frau wäre es denn keines?

»Nein, ist es nicht.«

Nicht mehr. Zumindest würde es das hoffentlich bald

nicht mehr sein, sobald der Schmerz nachließ, der mich schier zerriss und den ich mittlerweile kaum noch ertragen konnte. Ich musste endlich hier raus, so schnell wie möglich.

Ich lächelte Jaxon beruhigend an, dabei wollte ich viel lieber weinen. »Mein Taxi wartet«, log ich. Was machte eine kleine Lüge mehr in diesem Haus schon aus? »Ich muss jetzt gehen. Bis dann, Jaxon«, sagte ich leise, schlüpfte nach draußen, lief die Treppe und die Zufahrt hinunter.

Seit über einer Stunde versuchte Jensen mich zu erreichen, aber ich nahm keinen seiner Anrufe entgegen. Das erste Mal war ich gerade ins Taxi gestiegen, als mein Handy klingelte. Ich hatte das Gespräch weggedrückt, den Klingelton auf lautlos gestellt und mich dann nach Scottsdale zum Haus meiner Großeltern fahren lassen. Dorthin, wo ich mich immer am sichersten gefühlt hatte, geborgen und geliebt. Nur um feststellen zu müssen, dass das »For Sale«-Schild im Vorgarten von einem fett geschriebenen »SOLD« überklebt worden war.

Egal, wie schnell ich das Geld jetzt noch zusammenbekommen würde, es wäre zu spät. Ich hatte so gehofft, dass der von der Bank beauftragte Immobilienmakler für das Haus nicht so schnell einen Käufer finden würde, obwohl ich es hätte besser wissen müssen. Es befand sich in einer guten Lage, einem ruhigen, kinderfreundlichen Viertel, und Dale und ich, wir hatten immer dafür gesorgt, dass es trotz seines Alters gut gepflegt war. Trotzdem hatte ich irgendwie die Hoffnung gehabt, ich bekäme die Chance, es zurückzukaufen. Eine vergebliche Hoffnung und der zweite Traum, der innerhalb einer Stunde wie eine Seifenblase zerplatzt war.

Jetzt lief ich über den »*Green Acres*« Friedhof, auf dem meine Mutter und meine Großeltern begraben waren. Meine Schuhe hielt ich in einer Hand, seit ich von der Straße auf die Grünfläche getreten war, und lief barfuß quer über den gepflegten Rasen, dessen Grashalme meine Fußsohlen kitzelten.

Ich kniete mich zwischen die beiden schwarz glänzenden Steinplatten mit der silbergrauen, klaren Schrift und merkte nicht einmal, dass mir Tränen über die Wangen liefen, bis ich schniefen musste und einen Schluckauf bekam.

Ich kramte ein Taschentuch aus meiner Tasche und putzte mir die Nase.

»Tut mir leid, Prue«, sagte ich leise und wischte die Tränen von meinen Wangen. »Ich hatte dir versprochen, dass ich nicht weinen würde, wenn ich euch besuchen komme. Ich hatte euch beiden so vieles versprochen, aber ich schaffe es irgendwie nicht, meine Versprechen einzuhalten.«

Tief atmete ich durch und drängte blinzelnd die Tränen zurück.

»Ich habe das Haus verloren, das ich niemals hergeben, sondern irgendwann meinen eigenen Enkeln überlassen wollte. Ich arbeite nicht als Landschaftsarchitektin, und so, wie es im Augenblick aussieht, werde ich das wohl auch nicht in den nächsten Jahren. Vielleicht sogar niemals.« Ich seufzte niedergeschlagen. »Aber das wisst ihr ja alles schon. Was habe ich euch denn noch nicht erzählt? O ja, ein paar meiner Pflanzen sind eingegangen, ihnen hat der Umzug in die *BIG Bar* nicht gutgetan. Zumindest die Bar habe ich noch. Na ja, den Teil, der nicht der Bank gehört. Ich habe mich mit dem falschen Mann eingelassen – mal wieder – und jetzt ... jetzt bin ich verdammt unglücklich verliebt. Anscheinend komme ich ganz nach Mom.«

Ich lehnte mich vor und wischte vereinzelte Laubblätter von den Grabsteinen.

»Ich wünschte, ihr wärt noch hier. Ich würde so gerne mit euch reden, denn ihr wusstet immer, was zu tun ist. Aber ich, ich treffe immer wieder die falschen Entscheidungen.«

KAPITEL 15

Ich reichte dem Taxifahrer 25 Dollar durch die kleine Luke in der Trennscheibe, die den Fahrerraum vom Gastraum trennte, verabschiedete mich und trat auf den Bürgersteig. Männer und Frauen in Business-Anzügen und –Kostümen liefen an mir vorbei, von denen einige mein zerknittertes Kleid mit Grasflecken auf Kniehöhe abschätzig musterten. Was sie wohl erst denken würden, wenn sie mich in diesem overdressed-shabby-chick Aufzug schon zur Mittagszeit in eine Bar gehen sahen?

Ich hatte keine Zeit gehabt, mich umzuziehen. Ich hatte schlichtweg Abstand gebraucht. Sofort. Von allem und jedem. Nicht einmal Chad hatte ich sehen wollen. Und der Besuch bei Dale und Prue hatte mir, so komisch es vielleicht klingen mochte, gutgetan. Der Schmerz in meiner Brust war deswegen nicht weniger geworden, das würde er sicherlich noch für eine Weile nicht, aber mein Verstand arbeitete wieder halbwegs normal und war nicht mehr in dieser Dauerschleife erdrückender Gedanken gefangen. Und er befahl mir, dass ich nach vorne sehen sollte.

Was mir aber im nächsten Augenblick als eine weniger gute Idee erschien, denn als ich nach vorne sah, entdeckte ich Jensen in der offenen Tür der Bar. Mein Herzschlag geriet ins Stolpern, bevor er in einen hektischen Rhythmus verfiel. Dummes, dummes Herz.

Zwar konnte ich mittlerweile wieder rational denken, aber offenbar hielt das meinen verräterischen Körper nicht davon ab, auf Jensens Anwesenheit zu reagieren.

Er trug das Hemd vom Vortag, das genauso zerknittert aussah wie das Kleid, das ich trug, und ich fragte mich, warum er sich nicht die Zeit genommen hatte, sich frische Kleidung anzuziehen. Seine Haare waren verstrubbelt, als wäre er kreuz und quer mit den Fingern hindurchgefahren, und in seinen Augen stand unverhohlene Sorge, die jedoch kurz darauf in Wut umschlug.

»Wo – *zur Hölle* – warst du?«, fragte er gepresst und ballte seine Hände zu Fäusten, als müsste er sich zwingen, sie nicht nach mir auszustrecken.

Um mich an sich zu ziehen? Um mich zu schütteln? Das würde ich wohl niemals herausfinden, denn das mit uns würde hier und jetzt enden.

»Das geht dich nichts an. Was machst du überhaupt hier?« Ich ging um ihn herum und in die Bar.

Eine Kaffeetasse stand auf einem der Tische, die sich

in direkter Nähe der Eingangstür befanden, ein Handy und Autoschlüssel lagen daneben. Da keine weiteren Gäste anwesend waren, ging ich davon aus, dass Jensen an dem Tisch gesessen haben musste.

Während ich eilig zwischen den Tischen hindurch und auf die Tür neben dem Bartresen zulief, hinter der sich der Flur mit meinem Büro befand, sah ich zu Chad, der hinter dem Bartresen Whisky-Gläser polierte und uns offen anstarrte. Er machte sich nicht einmal die Mühe, zu verbergen, dass er beobachtete, was zwischen Jensen und mir passierte.

»Verdammt nochmal, bleib stehen, Rory!« Jensen erwischte mich kurz vor der Bürotür, packte mich an der Schulter und wirbelte mich zu sich herum. »Und ob es mich etwas angeht, wenn du plötzlich verschwindest. Ich habe mir Sorgen um dich gemacht. Ich konnte dich über zwei Stunden nicht erreichen, weil du nicht an dieses beschissene Handy gegangen bist.« Er schloss kurz die Augen und atmete tief durch. Dann legte er mir beide Hände auf die Schultern und strich über meine Oberarme. Keine Ahnung, ob er mich oder sich selbst damit beruhigen wollte, aber seine Berührung fühlte sich viel zu gut an. Und sie schürte eine verzweifelte Sehnsucht nach ihm, die mich schier umbrachte. »Jaxon hat mir erzählt, dass du von mir und Lauren weißt. Ich hätte es dir schon längst sagen sollen, das weiß ich, doch ich habe auf den richtigen Zeitpunkt gewartet.«

»Das ist Blödsinn, und das weißt du. Es gab unzählige

Gelegenheiten, immer und immer wieder, aber statt die zu nutzen, hast du lieber zu irgendwelchen Ausreden gegriffen. Von wegen, du willst lieber mit mir allein sein«, sagte ich verbittert. »Du wolltest nur nicht, dass irgendjemand aus deiner Familie mich aufklärt. Das war der einzige Grund, warum du so plötzlich wegwolltest.«

»Nein, das war er nicht. Ich *bin* egoistisch und will dich mit niemandem teilen. Wenn es nach mir ginge, würde ich dich nicht einmal mit Chad teilen, weil es mir nicht passt, dass du einen männlichen besten Freund hast. Wenn es um dich geht, bin ich verdammt besitzergreifend, weil ich eine scheiß Angst habe, dass ich dich verlieren könnte, wenn dir nur genug Zeit zum Nachdenken bleibt und dir klar wird, dass ich nicht perfekt bin und es vielleicht bessere Männer als mich für dich gibt. Von denen ich aber auf keinen Fall will, dass du einen von ihnen kennenlernst. Und gerade jetzt bin ich verflucht sauer auf dich, weil du ohne ein Wort abgehauen bist, Rory.«

»Was hast du denn erwartet? Dass ich danebenstehe, eventuell noch die Kerze halte und euch beiden zusehe?«

»Zusehen? Wobei zusehen?« Er runzelte die Stirn und schien verwirrt. Als könnte er nicht nachvollziehen, worum es ging. Und das machte mich rasend.

Der Zorn, den ich die ganze Zeit im Zaum gehalten hatte, wälzte sich wie glühende Lava durch meine Adern und verstärkte den Schmerz, der seit Stunden seine Klauen in mich geschlagen hielt. Ich stieß Jensens

Hände weg und versetzte ihm einen Stoß, der ihn aber nicht einmal ins Taumeln brachte.

»Für wie bescheuert hältst du mich eigentlich? Du vögelst die Freundin deines Bruders und ich soll das auch noch hinnehmen? Was sagt denn Logan dazu? O ja, richtig …«, sagte ich höhnisch, »… das ist ja der Grund, warum ihr euch nicht besonders gut versteht.«

»Das zwischen Lauren und mir ist schon über ein Jahr her, fast zwei Jahre sogar, bevor sie mit Logan zusammengekommen ist. Und der einzige Grund, warum ich monatelang nicht gut auf meinen Bruder zu sprechen war, war der, dass ich dachte, er hätte mir meine zweite Chance genommen.«

»Wie man sieht, hast du sie ja jetzt bekommen.«

»Worauf willst du hinaus?«

»Ich habe euch gesehen. Dich, wie du Lauren aus der Küche nach oben getragen hast, aber du hast mich nicht bemerkt. Dabei habe ich mich nicht einmal versteckt, sondern stand direkt neben dieser riesigen Zimmerpalme im konzerthallengroßen Eingangsbereich eures Hauses.«

»Was? Deswegen bist du abgehauen?«

Er lachte.

Er lachte, verdammt.

Wieso tat er das? Und warum sah er dabei auch noch so erleichtert aus, während ich mich von Sekunde zu Sekunde schlechter fühlte?

»Sweety …« Jensen machte einen Schritt auf mich zu,

doch ich wich vor ihm zurück und seine Miene wurde wieder ernst. »Ich habe Lauren nach oben gebracht, weil ihr in der Küche plötzlich schwindlig geworden ist. Und wenn ich dich in dem Augenblick nicht gesehen habe, dann nur, weil es ihr so schlecht ging und ich um sie besorgt war.«

»Weil du noch immer etwas für sie empfindest.«

»Natürlich.« Ich presste die Lippen zusammen und er beeilte sich zu sagen: »Nicht so, wie du denkst. Ich liebe Lauren nicht. Für eine Weile habe ich geglaubt, ich würde sie lieben, aber es war nicht mehr als eine verspielte Verliebtheit. Wäre es mehr gewesen, dann hätte ich niemals an uns gezweifelt, dann hätte ich sie nicht mit einer anderen Frau betrogen. Anfangs habe ich das nicht verstanden. Alles, was ich gesehen habe, war Logan, der verdammt glücklich mit der Frau ist, die vorher mir gehört hat. Dafür habe ich ihn monatelang gehasst, und ich habe es ihn spüren lassen. Aber nicht nur ihn, sondern auch jede Frau, die sich mit mir einließ und mir nicht das gleiche Gefühl gab, das ich jedes Mal in den Augen meines Bruders sehen konnte, wenn er mit Lauren zusammen war.«

Jensen kam langsam näher und legte mir eine Hand an die Wange. Zärtlich strich er mit dem Daumen über mein Jochbein, sein Blick sank in meinen und hielt ihn fest.

»Ich habe für Lauren niemals so viel empfunden, wie ich für dich empfinde, Kleines.«

Aber war das genug? Er hatte gedacht, dass er Lauren liebte und sich geirrt. Was, wenn er sich auch mit mir irrte? Wenn wir beide falsch lagen, weil wir uns verzweifelt nach etwas sehnten, das wir im anderen vergeblich zu finden hofften?

»Du hast sie betrogen? Warum hast du dich nicht einfach von ihr getrennt?«, wollte ich wissen. »Es hätte ihr auch wehgetan, aber nicht so.«

»Ich …« Sein Blick huschte unruhig über mein Gesicht, dann schüttelte Jensen den Kopf. »Nein, Rory, ich werde nicht zulassen, dass du mich für die Fehler bestrafst, die ein anderer begangen hat. Dass du uns bestrafst. Für den Schmerz, den er dir zugefügt hat. Ich streite nicht ab, dass ich mich bei Lauren damals falsch verhalten habe, aber das hat nichts mit uns beiden zu tun.« Er neigte sich zu mir herab, küsste mich sanft. Dann ließ er mich los und ich musste mich zwingen, nicht die Hand nach ihm auszustrecken und ihn festzuhalten. »Ich werde jetzt gehen, aber das bedeutet nicht, dass ich uns aufgebe. Du bist meine zweite Chance, Baby, und niemand wird mir die nehmen – nicht einmal du.«

Verzweiflung stieg in mir auf, als ich ihm nachsah. Jensen lief den Flur hinab, drückte die Schwingtür auf und verschwand in den Gastraum, ohne sich noch einmal nach mir umzudrehen. Und ich hatte keine Ahnung, was gerade geschehen war. Getrennt, wie ich es eigentlich vorgehabt hatte, hatten wir uns jedenfalls nicht.

KAPITEL 16

Freitag, 9.18 Uhr. ›Guten Morgen, Süße! Vermisst du mich?‹

Noch immer verschlafen, starrte ich auf die Nachricht, die Jensen mir geschickt hatte, und drehte mich auf den Rücken.

Ob ich ihn vermisste? Unsäglich. Er ließ ja auch gar nicht zu, dass ich einen endgültigen Schlussstrich zog. Meine Gedanken kreisten fast ausschließlich nur noch um ihn, denn Jensen brachte sich seit fünf Tagen ständig in Erinnerung.

Mit kurzen Nachrichten morgens, mittags, abends – wann immer er kurz Zeit fand –, oder einem Bild von uns, auf dem ich schlafend auf seiner Brust lag, sodass ich mich noch stärker nach ihm sehnte.

Mit Dünger, den er mir für meine Pflanzen im Billardzimmer schickte. Ja, *Dünger*. Welcher Mann schenkte einer Frau Dünger? Offensichtlich einer, der sich Gedanken darübermachte, wie er mich glücklich machen konnte.

Und mit Tickets für ein Basketballspiel der *Phoenix Suns*, aber nicht für ihn und mich, sondern für ihn und Chad, zu dem er meinen Freund am Abend zuvor in der Bar abgeholt hatte.

Jensen war hinter den Bartresen gekommen, hatte mich wortlos in den Gang zum Büro gezerrt und mich geküsst wie ein Verhungernder. Dann hatte er plötzlich von mir ab- und mich frustriert stehenlassen, obwohl ich höllisch erregt war und ihn in mein Bett ziehen wollte. Stattdessen schnappte er sich Chad und verschwand mit ihm zum Basketballspiel.

Eines musste ich ihm lassen, Jensen war ein Meister der Manipulation. Er versuchte nicht nur mich, sondern auch meinen besten Freund zu bestechen, um ihn für sich einzunehmen. Meine Zweifel schrumpften von Tag zu Tag mehr in sich zusammen und ich konnte nichts dagegen tun.

9.20 Uhr. ›Ich weiß nicht, was ich davon halten soll‹, stand in der nächsten Chatblase. Dann ploppte ein Foto auf, das offensichtlich in der Basketballarena aufgenommen worden war und auf dem Jensen argwöhnisch die Stirn runzelte, während Chad ihm über die Wange leckte.

Mir rutschte vor Lachen das Handy aus meiner Hand und landete auf meiner Brust.

9.22 Uhr. ›Glückwunsch‹, antwortete ich ihm mit jeder Menge heulender Lach-Smileys. *›Du hast einen neuen Freund. Chad leckt nur die an, die er aufrichtig mag und behalten will.‹*

9.23 Uhr. ›Also hat er mich akzeptiert?‹

9.23 Uhr. ›Sieht so aus.‹

9.24 Uhr. ›Ich habe letzte Nacht im Stelzenhaus am See geschlafen‹, wechselte er abrupt das Thema und weckte damit Erinnerungen in mir, die winzige Blitze in meinen Unterleib schossen. Ich setzte mich im Bett auf, zog die Decke um meinen Körper zurecht und beobachtete die hüpfenden Punkte in der Chatblase.

9.26 Uhr. ›Die Bettwäsche hat nach dir gerochen. Das hat mich fast wahnsinnig gemacht, weil ich dich unbedingt bei mir haben wollte. Ich wollte die ganze verdammte Nacht in dir sein und dich so lange vögeln, bis du akzeptierst, dass du zu mir gehörst. Komm zu mir, Rory.‹

9.27 Uhr. ›Gib mir noch etwas mehr Zeit‹, bat ich ihn.

9.28 Uhr. ›Zwei Tage. Du hast noch zwei Tage, um zu mir zu kommen. Kommst du nicht, werde ich dich am Sonntag holen. Und dann solltest du besser jemanden haben, der für dich in der Bar einspringt, denn ich werde dich mindestens eine Woche nicht aus meinem Bett lassen.‹

Er stellte mir ein Ultimatum und es stieß mir nicht einmal übel auf. Damit war ich ganz offiziell verloren.

9.30 Uhr. ›Das werden wir sehen. Jetzt geh weiterarbeiten, ich will noch eine Stunde schlafen, bevor Chad kommt und mir wegen seinem neuen Freund ein Ohr abkaut.‹

9.31 Uhr. ›Er hätte sich keinen besseren aussuchen können. ;) Bis später, Sweety.‹

»Nächstes Mal solltest du mitkommen. Wir hatten hammer Sitzplätze. Ich kam mir vor, als würde ich direkt unter dem Korb sitzen und mir könnte jeden Moment einer der Spieler ins Gesicht springen.« Chad knüllte das Handtuch, das von seiner Hüfte gebaumelt hatte, zusammen, bis es eine ballähnliche Form besaß, warf es über mich hinweg und versenkte es im Becken, in das ich gerade Wasser einlaufen ließ.

»Vielleicht bin ich nächstes Mal dabei, und dann sitze ich auf deinem Platz, während du dich um die Bar kümmerst.« Ich fischte das Handtuch aus dem Becken, wrang es aus und klatschte es Chad gegen die Brust.

»Also hast du dich dafür entschieden, ihn zu behalten?« Er löste das feuchte Tuch von seinem T-Shirt und stopfte es in den Behälter unter dem Tresen, in dem wir die schmutzigen Handtücher für die Wäsche sammelten. »Oder hast du noch immer Angst wie das kleine Mädchen, das erst ewig mit mir herumdiskutieren musste, weil sie nicht auf den Apfelbaum im Garten ihrer Großeltern klettern wollte?«

»Was willst du mir damit sagen? Dass du keine sinnvollen Vergleiche zustande bringst?« Ich polierte das dunkel glänzende Holz des Bartresens und schnaubte missmutig. »Ich hatte damals zu recht Angst. Du hast mich belabert, bis ich hochgeklettert und dann runtergefallen bin. Wegen dir habe ich mir ein Bein gebrochen und konnte für den Rest des Sommers nicht in den Pool.«

»Meine Güte.« Er winkte ab. »Ein gebrochenes Bein, ein gebrochenes Herz. Wo ist da der große Unterschied? Tut das Bein noch weh? Hast du noch Schmerzen? Was ist mit Matt Arschgesicht Baker? Tut es noch weh, wenn du an ihn denkst? Du bist schon sehr viel öfter in deinem Leben Risiken eingegangen, als du denkst. Und du hast fast genauso oft kleine oder große Schrammen davongetragen. Wenn du aufhörst Risiken einzugehen, weil du jetzt ein paarmal Pech hattest, dann entgeht dir vielleicht die Möglichkeit auf ein einmaliges Abenteuer in deinem Leben.«

»Und du denkst, Jensen ist dieses Abenteuer.«

»Das ist er ganz sicher. Der Kerl ist verrückt nach dir und du nach ihm. Eine perfekte Konstellation. Nur deine Angst steht dir im Weg.« Chad zog sich das nasse T-Shirt über den Kopf und stopfte es in den Wäschebehälter zu den Handtüchern. »Aber wenn du ihn nicht willst, sag mir Bescheid. Ich nehme ihn dir ab.«

Jemand klopfte an der Tür und ich lehnte mich zur Seite, um an einem der beiden Pfeiler im Gastraum vorbeisehen zu können. Ein untersetzter Mann in einem hellgrauen Anzug starrte durch den Glaseinsatz und winkte, als er mich entdeckte.

Ich holte ein frisches T-Shirt unter dem Tresen hervor und hielt es Chad entgegen. »Zieh dir was über und frag ihn, was er will. Und danach sorgst du für Öffnungszeiten in größerer Schrift an der Tür. Ich mache uns in der Zwischenzeit einen Kaffee.«

Ich ließ in der Küche zwei Tassen Kaffee aus dem Vollautomaten laufen, drückte die Tür mit der Schulter auf und ging zurück in die Bar. Der Mann, der an die Tür geklopft hatte, saß auf einem der Hocker, vor sich ein Glas Wasser und neben sich eine schmale Aktentasche. Ich schätzte ihn Anfang 40. Sein Haaransatz ging langsam zurück und erste graue Strähnen waren erkennbar.

Bitte lass es dieses Mal keinen echten Rechtsanwalt sein, betete ich im Stillen. Aber welcher Rechtsanwalt, der einem schlechte Nachrichten überbringen wollte, sah dabei so fröhlich aus?

»Da sind Sie ja schon wieder«, begrüßte er mich freundlich lächelnd. »Ashton Wickerman von Wickerman Consulting. Miss Rory Chastity Sun Hanson, nehme ich an?«

»Ja, die bin ich.« Ich reichte eine Tasse an Chad weiter und erdolchte ihn dabei mit meinem Blick, weil er sich köstlich darüber amüsierte, dass Wickerman meinen vollen Namen benutzte. »Was kann ich für Sie tun?«

»Ich brauche nur ein paar Unterschriften von Ihnen, damit die Übertragungsurkunde auf Sie ausgestellt werden kann.«

»Eine Übertragungsurkunde? Wofür?«

»Für das Haus in Grayhawk Park, Scottsdale.« Er schob

das Wasserglas beiseite und öffnete seine Aktentasche. Dann zog er einen Papphefter mit einem »Wickerman Immobilien Consulting« Schriftzug heraus und schlug ihn auf. »Richtig. Phantom Way 7450, Scottsdale.«

»Das ist das Haus meiner Großeltern.« Mein Herzschlag beschleunigte sich, bis er zu einem Rauschen in meinen Ohren wurde. »Es war das Haus meiner Großeltern. Das wurde doch verkauft.«

»Ja, es wurde verkauft, an eine nette Familie mit zwei Kindern. Sie hatten sich sofort in das Haus verliebt, als ich es ihnen gezeigt habe. Es war einer von diesen ganz einfachen Abschlüssen, die man heutzutage immer seltener hat.«

Mir wurde das Herz schwer. »Dann ist das mit der Übertragungsurkunde doch sicher ein Irrtum.«

»O nein, ganz sicher nicht. Mr. Mercer hat der Familie das Haus vor drei Tagen abgekauft und darum gebeten, dass ich die Formalitäten übernehme, da ich mich vorher schon um die Immobilie gekümmert habe. Und das schließt die Übertragung des Besitzes ein.« Er klappte den Hefter wieder zu und reichte ihn mir über den Bartresen. »Lesen Sie sich alles ganz in Ruhe durch oder legen Sie die Unterlagen zur Prüfung Ihrem Anwalt vor. Die Stellen, wo Ihre Unterschrift benötigt wird, habe ich farbig markiert. Wenn Sie noch Fragen haben …«, er kramte eine Visitenkarte aus seiner Tasche und legte sie auf den Tresen, »… rufen Sie mich an.«

Ich erwiderte seine Verabschiedung mechanisch und

starrte weiter auf den Hefter in meinen Händen. In meinem Kopf wirbelten die Gedanken durcheinander und ich versuchte verzweifelt, Ordnung in das Chaos zu bringen. Zu verstehen, was geschehen war.

Jensen hatte das Haus meiner Großeltern gekauft. Er hatte es für mich gekauft. Woher wusste er überhaupt davon? Ich hatte ihm niemals etwas von dem Haus erzählt und wie viel es mir bedeutete.

»Alles okay mit dir?«, fragte Chad neben mir und nahm mir den Hefter aus den steifen Fingern. »Du siehst etwas … durcheinander aus.«

»Jensen hat das Haus gekauft.«

»Das weiß ich. Ich stand ja die ganze Zeit dabei und habe gehört, was dieser Wickerman erzählt hat.«

»Warum hat er es gekauft?«, wollte ich verwirrt von ihm wissen.

»Das wirst du nur herausfinden, wenn du mit Jensen sprichst.«

Ein nervöses Prickeln senkte sich in meinen Magen, als ich durch die Drehtür ging und die Lobby von *Mercer Enterprises* betrat. Bisher hatte ich diesen riesigen Kolos aus Glas und Stahl immer nur von außen gesehen. Der Innenbereich war jedoch nicht weniger beeindruckend.

Graue Granitplatten bedeckten den Boden und Designerledermöbel wurden im Wartebereich aufgestellt. Hinter dem wellenförmigen Empfangstresen hingen unter dem *Mercer Enterprises*-Logo wenigstens zwei oder drei Dutzend glänzende Edelstahlschilder in drei Spalten, in denen Namen von Firmen eingraviert wurden.

Die Empfangsdame hinter dem Tresen lächelte freundlich, als ich nähertrat, obwohl ich mit meiner Ripped-Jeans und dem schwarzen T-Shirt mit dem *BIG BAR*-Aufdruck wie ein Exot wirken musste, der sich verlaufen hatte, zwischen all den seriös gekleideten Geschäftsleuten.

»Wie kann ich Ihnen behilflich sein, Miss?«, begrüßte mich die Empfangsdame, die laut Namensschild Edith hieß. Ich schätzte sie auf Mitte zwanzig und mit dem stylischen blonden Pagenkopf sah sie nicht aus wie eine Frau, zu der ein so alter Name wie Edith passte.

»Ich möchte zu Jensen Mercer.«

»Haben Sie einen Termin bei ihm?«

Sehe ich im Entferntesten so aus, als hätte ich einen Termin bei ihm?, wollte ich spöttisch fragen. Doch ich hielt mich zurück. Die Frau vor mir konnte nichts für meine Ungeduld. »Nein, ich habe keinen Termin.« Ich hatte nicht einmal eine Ahnung, in welchem Stockwerk er sein Büro hatte. »Aber ich muss dringend mit ihm sprechen. Wenn Sie so freundlich wären und Robert Morgan anrufen. Sein Assistent wird Ihnen sicherlich bestätigen …«

»Wie ist denn Ihr Name, Miss? Vielleicht habe ich Sie ja auf der Liste.«

»Rory Hanson.«

Ich beobachtete, wie sie etwas über die Tastatur in den Computer eingab. Ihre Augenbrauen zuckten, dann wurde aus dem freundlich distanzierten Lächeln ein herzlich strahlendes und ich fragte mich, was in dem Computer über mich vermerkt war.

»Sie müssen in die 18. Etage. Ich sage meiner Kollegin Bescheid, dass Sie kommen.«

»Okay, danke.«

Ich fuhr mit dem Fahrstuhl in den 18. Stock und mit jeder Etage, die in der digitalen Anzeige vorbeitickerte, wurde ich ruhiger. Das Prickeln in meinem Magen war noch da, dieses kribbelige Gefühl der Vorfreude, weil ich gleich Jensen gegenüberstehen würde. Aber das nervenzermürbende Gedanken- und Gefühlschaos, das mein ständiger Begleiter war, seit ich mit Jensen zusammengekommen war, ebbte ab. Und es nahm den winzigen Rest Zweifel mit sich, der sich an mir festgeklammert hatte.

Die Fahrstuhlkabine bremste ab, die Tür öffnete sich und ich stieg aus dem Fahrstuhl. Offensichtlich hatte Edith tatsächlich bei ihrer Kollegin Bescheid gesagt, denn die empfing mich mit einem herzlichen Lächeln und betätigte den Türöffner, der die Glastür aufschwingen ließ.

»Hallo, Miss Hanson. Einfach durch die Glastür hindurch, Jensen Mercers Büro finden Sie ganz am Ende auf der linken Seite.«

Ich bedankte mich mit einem Nicken und durchquerte das hell und modern eingerichtete Großraumbüro, in dessen Mitte eine grüne Oase eingerichtet worden war. Ich lief an vereinzelten Schreibtischen vorbei, hielt mich links und betrat das letzte Büro auf der linken Seite, neben dessen Tür ein transparentes Schild mit Jensens Namen hing. Der Tisch im Vorzimmer war unbesetzt und die zweite Tür stand zur Hälfte offen, sodass ich hineinsehen konnte.

Jensen saß an seinem Schreibtisch, hielt den Blick auf das Handy in seiner Hand gerichtet und tippte scheinbar eine Nachricht. Ein winziges Lächeln spielte um seine Mundwinkel, nachdem er die Nachricht verschickt hatte, und mein Herz machte einen Satz, als das Handy in meiner Hosentasche einen kurzen Klingelton von sich gab.

Jensens Kopf ruckte hoch. Sekundenlang sah er mich überrascht an, bevor Bewegung in ihn kam. Er stand so abrupt auf, dass sein Stuhl nach hinten wegrollte, und kam eilig hinter seinen Schreibtisch hervor, um mich in sein Büro zu ziehen.

Jensen warf die Tür zu, drückte mich mit dem Rücken dagegen und verschloss meine Lippen mit seinem Mund. Seine Finger schlangen sich in meine Haare und zogen meinen Kopf behutsam in den Nacken, damit er einen besseren Zugang zu meinem Hals bekam. Mit der anderen Hand presste er meinen Leib fest gegen seinen, als brauchte er so viel Körperkontakt wie möglich, um sicher zu sein, dass er nicht träumte.

»Du bist hier«, murmelte er zwischen zwei Küssen. »Ich habe so gehofft, dass du zu mir kommst und uns eine reelle Chance gibst.«

»Ashton Wickerman war gerade bei mir.«

In seinen Augen stand ein schmerzlicher Ausdruck, als er den Kopf hob. »Bist du nur deswegen hier? Ich will nicht, dass du dich mir irgendwie verpflichtet fühlst, weil ich das Haus deiner Großeltern gekauft habe.«

»Nein, ich bin nicht nur deswegen hier. Und ich fühle mich dir auch nicht verpflichtet. Aber woher wusstest du davon? Woher wusstest du, wie viel es mir bedeutet?«

»Als wir die Kisten in deinem Büro sortiert haben, hatte ich zu dir gesagt, das Wichtigste ist, dass man die Erinnerungen an jene bewahrt, die einem besonders viel bedeuten. Du hast gesagt, das tust du. Aber wie kannst du das, wenn dir das Haus, mit dem all diese Erinnerungen verknüpft sind, nicht mehr gehört? Auf fast jedem Foto, das ich in von dir in die Hand bekommen habe, war dieses Haus im Hintergrund zu sehen.« Liebevoll strich er mir eine Haarsträhne aus der Stirn. »Und jetzt sag mir, warum du noch hier bist.«

Ich legte meine Hände an seine Wangen und zog seinen Kopf wieder zu mir herunter. Legte all meine Gefühle in einen sanften Kuss.

»Ich bin hier, weil ich dir sagen wollte, dass ich keine

Angst mehr davor habe, dass ich verletzt werden könnte. Weil ich dir vertraue. Vollkommen. Du bist jedes Risiko wert. Aber vor allem bin ich hier, weil ich dich liebe und nicht mehr ohne dich sein will. Ich vermisse dich.« Ich tupfte ihm einen Kuss auf das stoppelige Kinn. »Selbst wenn du dich manchmal wie ein herablassender Idiot aufführst und versuchst, mich herumzukommandieren. Ich liebe dich, Jensen Mercer.«

»Dein Glück, Sweety. Denn ich war schon dabei, einen bombensicheren Schlachtplan auszuarbeiten. Ich wollte dich so verrückt nach mir machen, dass du gar nicht anders gekonnt hättest, als dich in mich zu verlieben. So sehr, wie ich dich liebe.«

Ein Schmunzeln spielte um seine Lippen, als er mit den Fingerspitzen über das T-Shirt Bündchen an meinem Hals strich.

»Das mit dem »herablassenden Idioten« nehme ich aber trotzdem persönlich«, brummte er gespielt verstimmt.

»Tatsächlich? Und du erwartest dafür sicherlich eine Wiedergutmachung.«

»Richtig. Genau die erwarte ich von dir.«

»Was würdest du denn akzeptieren? Einen Kuss oder zwei?«

Seine Hände legten sich auf meine Hüfte, er hob mich hoch und ich umschlang ihn mit meinen Beinen. Meine Arme verschränkte ich hinter seinem Nacken und spielte mit den Fingern in Jensens Haaren.

»Ein paar Küsse sind viel zu wenig. Aber dich würde ich akzeptieren. Nur dich.«

»Jetzt?«

»Immer«, sagte er entschieden und verriegelte die Tür, bevor er mich zur schwarzen Couch trug, die in einer Ecke seines Büros stand. Das Leder gab mit einem leisen Knirschen unter mir nach, als Jensen mich auf der Couch ablegte und sich über mich schob.

In seinen Augen stand wilde Begierde, die heiße Schauer wie Hitzewellen durch meinen Körper jagte, aber noch hielt er sich zurück.

»Nur damit du es weißt, Baby, denk gar nicht erst daran, mich verlassen zu wollen. Du gehörst mir, und was mir gehört, halte ich fest. Ich lasse dich nicht mehr gehen.«

Das klang so verdammt arrogant, dennoch war es genau das, was ich hören wollte. Ich krallte meine Finger in Jensens Hemd und zog ihn zu mir herab. Mit der Zungenspitze fuhr ich neckend seine Unterlippe nach und flüsterte an seinem Mund: »Hör auf zu knurren und zeig mir endlich, wie böse du sein kannst.«

EPILOG

Jensen

3 Monate später

Ich folgte der Spur verstreuter Kleidungsstücke, die sich einmal quer durch das Schlafzimmer zog. Ein Paar Sneakers und eine schwarze Ripped-Jeans lagen als unordentlicher Haufen neben dem Bett, zwei Strümpfe zwischen Bett und Schreibtisch und ein schwarzer BH lag auf einem *BIG Bar* T-Shirt direkt vor der geschlossenen Badezimmertür, durch die ich leises Wasserrauschen hören konnte. Alles sah danach aus, als hätte Rory es sehr eilig gehabt, aus ihren Sachen heraus zu kommen. Und dafür hatte sie auch jeden Grund, denn in nicht einmal zwei Stunden fand im Garten eine Hochzeit statt und sie war noch nicht einmal annähernd fertig.

Ich aber auch nicht, weil ich mit Logan ein längst überfälliges Gespräch geführt hatte – über ihn und mich und darüber, dass es gar nicht so leicht war, der Bruder des anderen zu sein. Weil wir, ob wir wollten oder nicht, fast ständig auf irgendeiner Weise in Konkurrenz standen, eben weil wir Brüder waren und alles, was wir taten, miteinander verglichen wurde.

Wir sprachen darüber, dass ich mich grundlos von ihm hintergangen gefühlt hatte, als Lauren sich für ihn entschied, und ich mich wie ein Idiot aufführte, indem ich immer wieder seine Entscheidungen anzweifelte und damit die Zusammenarbeit bei *Mercer Enterprises* für uns beide unnötig schwer machte. Und wir sprachen auch darüber, dass er sich nicht hätte zurückhalten und mich – aus einem falschen Schuldgefühl heraus – gewähren lassen dürfen.

Nachdem Lauren mich damals zurückgewiesen hatte, als ich sie um eine zweite Chance bat, und ich herausfand, dass ausgerechnet Logan der Grund dafür war, hatte ich mich monatelang wie ein mieses Arschloch verhalten. Wie der verwöhnte, unreife Bengel, als den Lauren mich bezeichnet hatte, bevor sie zu meinem Bruder ging.

Doch dann kreuzte Monate später Rory meinen Weg und verpasste mir mit dem demütigenden Rauswurf aus ihrer Bar den längst überfälligen Tritt in den Hintern.

In den ersten beiden Tagen danach hatte ich sie verflucht, ich hatte gekocht vor Wut und jeden in meiner näheren Umgebung leiden lassen. Am meisten wohl meinen Assistenten Robert, der in seiner Verzweiflung Rory dazu bringen wollte, das Foto von mir von ihrer Tür zu entfernen und das Hausverbot aufzuheben, indem er sich als mein Rechtsanwalt ausgab.

Aber dann verrauchte die Wut und ich wurde neugierig auf die Frau, diese winzige Person, die mir die Stirn geboten hatte und der ich die beschämendste und noch dazu öffentliche Niederlage meines Lebens verdankte. Ich verlegte meinen Arbeitsplatz für mehrere Stunden täglich in das gegenüberliegende *Honey Touch Café*, beobachtete sie durch die Fenster der Bar wie ein Stalker und wartete darauf, dass sie mich bemerkte. Denn so offensichtlich, wie ich mich platzierte, musste sie mich früher oder später bemerken.

Meine Forderung nach Genugtuung war nichts weiter als eine Ausrede, damit ich immer wieder vor ihrer Tür auftauchen konnte. Ich wollte sie zu Fall bringen, dass sie vor mir kapitulierte und ich wollte ihr beweisen, dass ich sie genauso haben konnte wie all die anderen Frauen, die sich bei mir anbiederten und in mein Bett kriechen wollten. Aber mit jedem Tag mehr, der verging und an dem sie mich stur zurückwies, wuchs meine Faszination für die Frau mit den trotzigen Augen, in denen hin und wieder eine unerklärliche Niedergeschlagenheit stand.

Schlussendlich war ich derjenige, der von Rory zu Fall gebracht wurde – als ich hörte, wie sie mich vehement vor ihrem Ex verteidigte, obwohl ich ihr keinen Grund dafür gegeben hatte, und über seine »Idee«, mich zu verklagen, so wütend wurde, dass ich ihr sogar zutraute, sie würde Matt Baker auf offener Straße und mit bloßen Händen kastrieren. In dem Augenblick wurde mir bewusst, dass ich zu recht keine zweite Chance mit Lauren bekommen hatte, denn meine stand nur ein paar Meter entfernt vor mir auf dem Bürgersteig und verteidigte meinen guten Ruf, um den ich mich selbst nicht geschert hatte. Und zum ersten Mal seit Jahren fühlte ich mich wieder unsicher, weil ich eine scheiß Angst davor hatte, dass ich Rory vielleicht nicht von mir überzeugen könnte.

Ich stieg über das T-Shirt und BH Knäuel hinweg, öffnete die Badezimmertür und trat ins Bad. Rory stand mit dem Rücken zu mir unter der Dusche, schäumte gerade ihre Haare ein und bemerkte nicht, wie mein Blick gierig über ihren Körper wanderte. Über ihren runden Hintern, über den an den Seiten schaumige Rinnsale flossen, als würden sie die straffen Backen umarmen. Weiter über ihren Rücken und ihren Nacken, den ich nur zärtlich berühren musste, um ihr ein leises Seufzen zu entlocken.

Ein Lächeln spielte um meine Lippen, als ich die Krawatte abnahm und mir dabei vorstellte, wie ich ihre Handgelenke damit an der Duschstange festband, damit sie mir nicht entkommen konnte. Dann öffnete ich das Hemd, streifte es eilig ab und griff nach dem Hosenbund, ohne sie durch die Glastür, an der das Wasser abperlte, aus den Augen zu lassen.

Ja, die Krawattenidee hatte eindeutig etwas, denn seit Wochen pendelte Rory schon zwischen der *BIG Bar*, in der sie mittlerweile nicht mehr wohnte, dem Mercer Anwesen, auf dem wir nicht nur mein Schlafzimmer, sondern auch das Stelzenhaus in Beschlag genommen hatten, und dem Haus ihrer Großeltern, das sie von dem Geld, das sie für die Modellautosammlung bekommen hatte, derzeit renovieren ließ, hin und her.

Die komplette Sammlung hatte immerhin 136.000 Dollar gebracht, weil zwei der Modelle seltene Sammlerstücke waren. Aber das wog noch lange nicht die Zeit auf, die durch Rorys derzeitiges Herumgependel verloren ging, und in der sie eigentlich nur mir gehören sollte.

Ja, ich musste mir eingestehen, was Rory anging, verhielt ich mich noch immer verdammt selbstsüchtig wie ein verwöhnter Bengel. Aber das war mir egal.

Ich machte einen weiteren Schritt auf die Dusche zu, als Rory sich plötzlich umdrehte. Überrascht sah sie mich an, ihr Blick wanderte an meinem Körper hinab und blieb an meiner unübersehbaren Erektion hängen, dann schüttelte sie den Kopf.

»Nein, Jensen«, sagte sie, ohne den Blick von meinem Penis abzuwenden, der vor Freude zuckte, weil er ihre volle Aufmerksamkeit hatte. »Wir haben jetzt keine Zeit für Sex.«

»Wir nehmen sie uns einfach.« Ich legte meine Hand an den Griff der Duschtür, zog sie auf und schob mich zu ihr in die geräumige Kabine. Warmes Wasser prasselte auf mich nieder und lief über meinen Körper, als ich Rory in meine Arme zog, mich herabneigte und meinen Mund auf ihren presste. Ich ließ meine Zunge zwischen ihre Lippen gleiten, erforschte ihre Mundhöhle und stieß ein zufriedenes Knurren aus, weil ich sie endlich wieder da hatte, wo sie hingehörte. Dann wanderten meine Lippen über ihre Wange zu ihrem Ohr. Ich strich die nassen Strähnen beiseite und murmelte: »Ich habe dich vermisst, Sweety.«

»Es waren doch nur ein paar Stunden.«

»Das ist irrelevant, wenn es darum geht, dass ich dich bei mir haben will. Und das will ich so oft und lange es geht.«

»Jensen …«

»Keine Widerrede. Ich will und werde dich jetzt vögeln, damit ich durch den Rest des Tages komme.«

Ein sinnliches Lächeln verzog ihre Lippen. Rory seufzte und neigte den Kopf zur Seite, um mir einen besseren Zugang zu ihrem Hals zu gewähren. »Aber die Hochzeit … Lauren und Logan … Ich will nicht schuld an einer Verzögerung sein.«

»Hochzeiten fangen niemals pünktlich an«, behauptete ich. »Und für einen Quickie reicht die Zeit allemal.« Sie öffnete ihre wundervollen smaragdgrünen Augen, in denen unverhohlene Begierde stand, und sah mich an. »Verdammt, Rory«, knurrte ich, schob sie gegen die geflieste Wand hinter ihrem Rücken und hob sie hoch. »Du machst mich wahnsinnig, wenn du mich so ansiehst wie jetzt. Ich brauche so schnell wie möglich meinen Schwanz in dir.«

»Dann mach schnell.«

Ihre Arme schlangen sich um meinen Nacken und ihre Beine um meine Hüften, während ich meine Härte zwischen ihren Schamlippen und an ihrer Klitoris rieb. Stockend schnappte sie nach Luft, als ich mich gegen ihren Eingang drückte, mich unnachgiebig in ihre Enge schob und sie stärker gegen die Wand presste. Ihre inneren Muskeln umschlossen meinen Penis wie eine enge Faust und ich fing an, mich in ihr zu bewegen. Erst mit langsamen, gemächlichen Stößen, bei der unsere Oberkörper sich aneinander rieben, dann in einem immer hektischeren Rhythmus, der ihre Brüste im gleichen Rhythmus auf und ab hüpfen ließ, wie ihr Rücken über die geflieste Wand rutschte.

»Schneller, Jensen.«

Sie klammerte sich an mir fest, presste ihren Mund auf meinen Hals, und ich packte mit beiden Händen ihren Hintern, damit ich sie noch härter vögeln konnte.

»Komm, Baby«, stieß ich atemlos hervor und biss die Zähne zusammen, weil ich kurz davor war. Rory erschauerte in meinen Armen, dämpfte ihren Aufschrei, indem sie ihre Zähne in meine Schulter grub und riss mich mit sich über die Klippe. Ein heißes Prickeln schoss meine Wirbelsäule hinauf, explodierte in meinem Kopf und ich ergoss mich mit einem erleichterten Stöhnen in ihrer Wärme.

»Das habe ich gebraucht. Dich habe ich gebraucht«, keuchte ich an ihrem Mund, bevor ich sie innig küsste. »Vor allem dich. Du hast keine Ahnung, wie verdammt gut du dich für mich anfühlst. Ich liebe dich.«

»Genau wie du dich für mich anfühlst.« Zärtlich kämmte sie mit ihren Fingern durch meine Haare. »Ich liebe dich auch, Jensen.«

»Hör bloß nicht auf, mir das zu sagen.«

»Ich …«

»Hey, ihr zwei …«, rief Jaxon von der anderen Seite der Badezimmertür und hämmerte mit der Faust dagegen, »… ich will ja kein Spielverderber sein. Aber in gerade mal einer Stunde will dein Bruder, der die ganze Zeit mit einem ekelhaft glücklichen Gesichtsausdruck durch die Gegend läuft, seine schwangere Verlobte heiraten.« Kurze Pause. »Okay, vergesst es. Ich will doch ein Spielverderber sein. Wenn ich schon den großen Mercer nicht kriegen kann, dann wenigstens den kleinen. Also lass Rory jetzt in Ruhe, du kannst sie noch die ganze Nacht lang vögeln. Was ich im Übrigen auch mit deiner Schwester vorhabe. Aber jetzt – hopp, hopp – bewegt euch, sonst passt Lauren vielleicht nicht mehr in ihr Hochzeitskleid, wenn ihr denn endlich mal unten ankommt.«

»Hau ab, McCallum«, rief ich, während Rory ihr Gesicht in meine Halsbeuge drückte und leise lachte. »Wir sind gleich unten.«

»Vergiss es! Ich warte hier, bis wenigstens einer von euch beiden aus diesem Badezimmer kommt. Und wenn ich die Wahl bekomme, dann nehme ich Rory. Sie ist ein weitaus schönerer Anblick als du.«

Seit feststand, dass Lauren schwanger war, was auch der Grund für ihren Schwächeanfall in der Küche am Tag nach Mutters Geburtstag gewesen war, hatte Jaxon sich darauf verlegt, hauptsächlich meine Geduld auf die Probe zu stellen. Als wäre Logan als Ziel für seine Verbalattacken plötzlich uninteressant geworden. Vielleicht wollte Jaxon ihm auch nur eine kurze Pause gönnen, oder es war noch immer »Zahltag«, ich wusste es nicht. Fest stand jedenfalls, er raubte mir den letzten Nerv.

Vorsichtig trennte ich mich von Rory, drehte das Wasser ab und hauchte ihr einen Kuss auf die rosigen Lippen. Dann drückte ich die Tür der Duschkabine auf, nahm ein Handtuch aus dem Regal an der Wand und wickelte Rory darin ein, sobald sie aus der Dusche stieg.

»Sieht so aus, als müssten wir dem Idioten nachgeben«, sagte ich mit einem resignierten Seufzen und bedachte die geschlossene Tür mit einem gespielt mürrischen Blick.

»Gib es zu, du hast ihn eigentlich ganz gern. Zumindest so, wie man einen Familienhund gern hat.« Rory schlang ihre Arme um meine Mitte und sah mit einem verschmitzten Lächeln zu mir auf.

Die Niedergeschlagenheit war schon vor Wochen aus ihrem Blick verschwunden. Alles, was ich jetzt in ihren Augen sah, war eine Spiegelung meiner eigenen Gefühle, die das Herz in meiner Brust hämmern ließen.

Rory war alles, was ich jemals wollte. Sie war die Frau meiner Träume, die sich nun endlich erfüllten. Keine Chance, dass ich sie jemals wieder losließ.

ENDE

Nachwort

Liebe/r Leser/in,

ich hoffe, Dir hat *»DEDICATION: Von dir gezähmt«* gefallen. Danke, dass Du meinen Geschichten um die Mercer-Geschwister eine Chance gegeben hast.

Bis bald und alles Liebe
Deine Melanie Thorn

MELANIE THORN
OBSESSION
VON DIR BESESSEN

Melanie Thorn

Obsession - Von dir besessen

ISBN: 978-3-945766-55-2

»Keiner von uns beiden kann die Anziehung, die zwischen uns herrscht, leugnen. Und wenn ich akzeptiert habe, dass es nichts gibt, das ich mehr will als dich, dann kannst du es auch.«

Lauren Perry hat sehr genaue Vorstellungen von ihrer Zukunft. Nach ihrem College-Abschluss will sie in Phoenix in die Werbeagentur ihres Vaters einsteigen. Was sie nicht weiß: Die Firma hat ihren Besitzer gewechselt.

Ausgerechnet Logan Mercer, der als eiskalter Geschäftsmann bekannt ist, der sich nimmt, was er will, ist der neue Eigentümer. Und er ist auch der unausstehliche Bruder ihres Freundes. Logan lässt keine Gelegenheit aus, sie zu provozieren. Doch dann lässt er seine Maske fallen und Lauren erkennt, was er als Nächstes will: sie.

MELANIE THORN
SEDUCTION
VON DIR VERFÜHRT

Melanie Thorn

Seduction - Von dir verführt

ISBN: 978-3-945766-56-9

Eve Mercer arbeitet so hart wie nie zuvor an ihrer Karriere. Sie will sich beweisen, eine Führungsposition im Familienkonzern übernehmen und aus dem Schatten ihrer erfolgreichen Brüder treten. Als sie glaubt, es endlich geschafft zu haben, taucht ein unerwartetes Problem auf: Jaxon McCallum.

Nicht nur, dass er ihr ein lukratives Projekt vor der Nase wegschnappt, Eve muss mit diesem arroganten Kerl, der ihr ständig das Gefühl vermittelt unzulänglich zu sein, auch noch zusammenarbeiten. Als sie Jaxon auf einer Party trifft, ergibt sich für sie die perfekte Gelegenheit, ihn für jede Demütigung, die sie seinetwegen erlitten hat, bezahlen zu lassen und ihn ein für alle Mal loszuwerden. Dafür muss sie ihn nur beim Blackjack besiegen. Doch der Einsatz, den Jaxon im Gegenzug von ihr fordert, ist unglaublich hoch: Verliert Eve das Spiel, gehört sie ihm – zu seinen Bedingungen.

WildBooks
THE Air WE breathe
ELENA MACKENZIE

Elena MacKenzie

The Air we breathe

ISBN: 978-3-945766-57-6

Nach einer unschönen Ehe kauft sich Tessa Carmichael eine kleine Farm und lebt dort recht zurückgezogen am Rande einer Kleinstadt. Eines Abends steht ein Soldat vor ihrer Tür und behauptet, diese Farm würde ihm gehören. Liam Thompson hat nicht ganz Unrecht, Tessa kennt sein Gesicht aus dem Fernsehen. Er ist der Soldat, der fünf Jahre lang ein Gefangener von Terroristen war. Alle hatten ihn für tot gehalten und so wurde die Farm nach dem Tod seiner Großmutter an Tessa verkauft. Liam sieht so müde aus, dass Tessa ihn nicht einfach wegschicken will, sie lässt ihn in ihr Haus. Für eine Nacht. Doch aus einer Nacht werden viele und Tessa und Liam kommen sich langsam immer näher, bis sie beide von ihrer Vergangenheit eingeholt werden.

Kapitel 1

Tessa

Bella schnaubt leise, als ich sie zwischen den Ohren kraule, und dreht mir ihren Kopf zu. Sie schnuppert an meinem Unterarm. Ihre Lefzen zupfen an meiner Haut und krabbeln mich. Ich lache leise, streichle ihr über ihre große Nase und striegle weiter ihr wundervoll in der untergehenden Sonne schimmerndes schwarzes Fell. Die in die Tage gekommene Friesin habe ich zusammen mit dieser Ranch vor ein paar Monaten gekauft. Manchmal glaube ich, sie liebt unser ruhiges, zurückgezogenes Leben genauso sehr wie ich.

Sie abends zu striegeln, während im Westen hinter den Rocky Mountains die Sonne untergeht und die Gipfel der Berge blutrot färbt, ist zu unserem Ritual geworden.

Meine Ranch ist die kleinste hier in der Gegend. Es gibt hier nur das kleine zweistöckige Farmhaus mit zwei Zimmern, einem Stall, in den fünf Pferde passen - in dem aber derzeit nur zwei Boxen bewohnt sind - eine Scheune, zwei Koppeln und den alten George, der schon immer auf dieser Ranch Vorarbeiter war und der sich geweigert hat, sie zu verlassen, nur weil ich sie gekauft habe. George ist ein ruhiger, brummiger alter Mann, der 45 Jahre seiner 67 Lebensjahre auf dieser Farm verbracht hat. Er wohnt in der kleinen Wohnung über der Garage, und da er nichts anderes als das hier kennt, teilt er sich die Einsamkeit der Ranch jetzt mit Bella, ihrer Tochter Camilla, der Schäferhündin Trixie und mir.

Leider ist George auch zu alt, um alle anfallenden Reparaturarbeiten auf der Ranch zu erledigen, und ich bin handwerklich zu ungeschickt. Ich weiß, wie man ein Buch schreibt, in seinem Blog über Kirschmarmelade und Maisbrot berichtet, aber wie man einen Zaun repariert, davon habe ich keine Ahnung. Aber der Zaun der Südkoppel sollte unbedingt repariert werden, solange können Bella und Camilla sie sonst nicht mehr benutzen. Es fehlt mir auch nicht am Geld, um jemanden kommen zu lassen, sondern an willigen Handwerkern. Denn keiner, der was auf sich hält, würde freiwillig hier rauskommen, um etwas für mich zu tun. Und deswegen mute ich George viel zu viel zu. Obwohl ich versuche, ihn davon abzuhalten, auf Dächer zu steigen, um Löcher zu reparieren, er tut es trotzdem, weil es getan werden muss. Und »die Idioten aus der Stadt einen ordentlichen Schlag gegen ihre Hohlrüben verdient hätten«, wie er es gern formuliert.

»Also dann mein Mädchen, du bist jetzt schön genug für die Nacht«, sage ich, hebe das Halfter auf, das neben mir im Gras liegt und lege es ihr an. Zur Antwort schnaubt sie wieder bloß. Unsere Unterhaltungen sind leider immer so einseitig. Ich führe sie zum Tor der Koppel, dann den befestigten Weg am Haus vorbei zum Stall und in ihre Box. Gemeinsam mit George habe ich die Trennwände zwischen den Boxen herausgenommen, so können sich Bella und ihre Tochter frei bewegen. Bella hat es mir nicht gesagt, aber ich glaube, mit ihrer neuen Wohnsituation ist sie sehr zufrieden.

Bevor ich den Stall für die Nacht verschließe, bekommen die beiden Mädchen noch frisches Wasser und Futter von mir. Als ich aus dem Stall komme, läuft Trixie mir entgegen. Den halben Tag über sehe ich sie kaum. Die meiste Zeit hält sie sich bei George auf, aber abends, wenn es ans Essen geht, ist sie pünktlich und begrüßt mich mit wedelndem Schwanz vor dem Haus. Wahrscheinlich liegt es aber an George, der die Schäferhündin mitbringt, wenn er zum Abendbrot kommt.

Ich streichle über ihr tiefschwarzes Fell, als sie meine Hand mit ihrer kühlen, feuchten Nase anstupst, dann öffne ich die Fliegengittertür und die Haustür und lasse sie an mir vorbei in den kleinen Flur laufen, in dem ich die schmutzigen Gummistiefel auf die dafür vorgesehene Unterlage stelle. Ich begrüße George, der in der Küche den Tisch für uns deckt, und gehe dann nach oben, um zu duschen, bevor ich mich zu ihm an den Tisch setze.

»Wie war dein Tag?«, frage ich den alten Mann, der mit gerunzelter Stirn von seinem Chili aufsieht. Seine Stirn kann er sehr tief runzeln und dabei sehr unwillig aussehen. Ich weiß nicht, ob das an seiner Halbglatze liegt, oder weil er einfach jemand ist, der immer grimmig aussieht. Aber ich habe mich daran gewöhnt, weswegen mich auch das grummeligste Brummen nicht mehr beeindrucken kann. Hinter George steckt in Wirklichkeit ein gemütlicher und sehr freundlicher älterer Herr.

»Der Traktor springt nicht mehr an«, antwortet er knapp, dann isst er weiter.

Wenn der Traktor nicht mehr anspringt, bedeutet das, dass wir kein Heu mehr machen können. Unsere Wiesen werfen ohnehin nicht genug für den ganzen Winter ab, aber für uns ist jeder Heuballen wichtig, weil wir von den umliegenden Farmen nichts bekommen. Wir müssen die Ballen von weiter weg anliefern lassen und das kostet Geld. Auch, wenn ich es mir leisten könnte, muss ich vorsichtig mit meinen Ausgaben sein. »Und du weißt nicht, wie man ihn reparieren kann?«

George kaut ruhig, dann schluckt er sehr langsam. »Ich weiß es schon, aber ich kann das unmöglich ohne Hilfe reparieren.«

Die Frage, ob ich ihm helfen könnte, spare ich mir, sein Blick ermahnt mich deutlich, es auch nur in Betracht zu ziehen. Ich bin nicht besonders hilfreich, wenn es darum geht, irgendetwas zu reparieren. Genau genommen bin ich wohl viel eher eine Belastung, wenn es nach George geht, weil ich einen Schraubenschlüssel nicht von einem Schraubendreher unterscheiden kann. Ich presse die Lippen aufeinander und konzentriere mich wieder auf mein

Essen. Es lohnt sich nicht, mit George zu streiten, er gewinnt immer.

»Dann werde ich es in die Jobbörse stellen.«

»Hmm«, macht George. Das Internet ist für ihn etwas von einem anderen Planeten. Vielleicht auch die Hölle persönlich. Auf jeden Fall findet er es suspekt genug, um immer, wenn ich es anspreche, dieses merkwürdige »Hmm« auszustoßen.

Wir essen ruhig weiter, viel reden tun wir nie. Wir beschränken es auf das Nötigste und das ist uns beiden sehr recht. Wenn es darauf ankommt, dann findet George die richtigen Worte, das weiß ich. Er hat sie auch gefunden, als er mir mit erstaunlich vielen Sätzen klargemacht hat, dass es diese Ranch nur mit Bella, Camilla, Trixie und ihm gibt. Und den paar Hühnern, die in und um die Scheune herum leben, die ich aber kaum beachte, weil Hühner mir nicht geheuer sind. Nur ihre Eier mag ich gern. Draußen auf der Südkoppel am Waldrand hat George auch noch ein paar Bienenstöcke, um die er sich so große Sorgen macht, dass er mir ständig zeigen will, wie man mit ihnen umgeht, für den Fall, dass er mal nicht mehr ist. Aber ich habe zu viel Angst, weswegen ich ihm immer sage, ich werde sie dann in die sorgsamen Hände von jemanden geben, der sich damit auskennt. Das wird dann für fünf Sätze zum Streitthema zwischen uns, bis George sich einfach umdreht und geht.

»Ich wasche ab«, sagt George und steht auf.

»Nein, ich mach das schon«, sage ich und lege eine

Hand auf seine, die gerade nach meinem Teller greifen will. »Heute ist Mittwoch, kommt nicht gleich »Unsere kleine Farm«?, frage ich ihn, weil ich weiß, dass diese Serie seine Leidenschaft ist. Manchmal erzählt er mir schimpfend, was seiner Meinung nach nicht richtig recherchiert wurde.

»Also gut«, sagt er. »Ich geh dann mal rüber.«

Ich stehe auf, räume das Geschirr in die Spüle und beginne, es mit der Hand zu spülen. Die Küche ist schon etwa so alt wie die Ranch selbst: 97 Jahre. Alles hier im Haus ist mindestens so alt. Anfangs habe ich überlegt, es zu modernisieren. Neue Möbel, vielleicht einen Fernseher, einen Geschirrspüler oder ein modernes Bad. Aber die einzigen modernen Dinge, die ich in das Haus geholt habe, sind eine Waschmaschine, meinen Laptop, meine Kamera für den Blog und eine Dusche. Denn so sehr mich das alles zu Beginn hier gestört hat, jetzt habe ich erkannt, dass genau diese Dinge es sind, die den Charme meiner Abgeschiedenheit ausmachen.

Ich trockne mir die Hände ab, als es an der Tür klopft. George klopft niemals an, weswegen ich sofort in Alarmbereitschaft bin. Es gibt nicht viele Menschen, die hier rauskommen, der Paketbote, weil er es muss, wenn die Pakete zu groß für unser Postfach in der Stadt sind, der Tierarzt, weil er sich von niemanden abhalten lässt, wenn ein Tier ihn braucht, mein Ex-Ehemann, weil er es kann. Da es zu spät für die Post ist, ich den Tierarzt nicht gerufen habe, bleibt nur noch eine Person übrig: mein Ex-

Mann. Ich seufze schwer, hänge das Handtuch an den metallenen Haken neben dem Spülbecken und gehe zur Tür.

Der Schatten, den ich durch das Glas erkenne, ist nicht George und auch nicht mein Ex, dafür ist dieser Schatten viel zu groß und breitschultrig. Ich werfe einen flüchtigen Blick neben die Tür, wo die Schrotflinte steht, von der George will, dass sie dort steht, damit ich sie jederzeit benutzen kann, falls der »Idiot von Ex« hier auftaucht. Eine Sekunde überlege ich, ob ich die Schrotflinte jetzt brauchen werde, nicht nur mein Ex könnte mir hier draußen gefährlich werden. In dieser Gegend weiß jeder, dass ich allein hier draußen lebe, nur mit einem alten Mann, der im Apartment über der Garage wohnt, und einer grundfreundlichen Schäferhündin an meiner Seite. Trixie steht neben mir und starrt erwartungsvoll und mit wedelndem Schwanz auf die Tür. Sie winselt leise. Über Besuch freut sie sich die meiste Zeit deutlich mehr als ich.

»Du bist mir keine Hilfe«, murmle ich zu ihr nach unten. Sie antwortet mit einem langgezogenen Maulen.

Ich öffne die Tür und vor mir steht ein Mann, dessen Gesicht mir vage bekannt vorkommt. In seiner Hand trägt er einen dunkelgrünen Seesack, wie ihn Soldaten besitzen. Er sieht mich mit ernstem, leicht wütenden

Blick aus leuchtend blauen Augen an. Und er atmet erregt, was wohl Teil seiner Wut ist, ganz genauso wie das Zittern seiner Wangenmuskeln. Sein dunkles Shirt hat ein paar kleine Löcher am Kragen, seine Jeanshose sitzt so eng, dass ich deutlich seine muskulösen Oberschenkel sehen kann, auch seine Arme sind muskulös, seine Schultern breit und er hat einen dunklen Dreitagebart. Alles in allem, wirkt der Mann bedrohlich und das düstere Glitzern in seinen Augen, die sich so stark von seinem dunklen Haar abheben, wirkt auch nicht beruhigend auf mich.

»Das hier ist mein Haus«, sagt er bedrohlich.

Ich schnappe nach Luft und sehe ihn erschrocken an. Mein Blick geht wieder zur Waffe, aber er hat sie sich genommen, bevor ich überhaupt in Erwägung ziehen kann, sie zu benutzen. »George hat schon immer Wert darauf gelegt, dass die hier steht« erklärt er knapp.

Laut winselnd drückt sich Trixie an mir vorbei und springt den Mann an. Sie springt an ihm hoch, nicht um mich zu verteidigen, nicht um ihn anzugreifen, sondern um ihn mit einem herzzerreißenden Jaulen zu begrüßen. Er kniet sich vor sie, streichelt sie und umarmt die Hündin, die ihm bellend und heulend das Gesicht leckt.

»Sie sind der Enkel von Rose«, stelle ich gedehnt fest, als mir wieder einfällt, woher ich sein Gesicht kenne. Rose hat mir oft ihre Fotoalben gezeigt und von ihrem Enkel erzählt, der bei einem Einsatz für die Seals verschwunden war.

Er steht wieder auf, seine Hand ruht auf Trixies Kopf, die sich brav neben ihn setzt und ihn ansieht, als würde Gott neben ihr stehen. »Bin ich, und deswegen gehört dieses Haus mir«, sagt er mit hartem, bestimmenden Tonfall und starrt mich zornig an.

Ich mustere den Mann nach außen unbeeindruckt, aber innerlich macht sich in meiner Magengrube ein ungutes Gefühl breit. Er steht mit Jeans und Shirt vor mir und verlangt sein Haus zurück. Mein Zuhause. Wahrscheinlich hat er nicht einmal unrecht. Rose wird ihm diese Ranch vererbt haben, da man ihn aber für tot hielt, wurde sie an mich verkauft. »Es tut mir leid, Ihnen das sagen zu müssen, aber die Besitzurkunde ist auf meinen Namen ausgestellt. Ich habe die Ranch der Bank abgekauft.«

»Der Verkauf war nicht rechtens. Wie Sie sehen, lebe ich noch und ich hätte die Ranch meiner Familie niemals verkauft.« Er starrt von oben mit hartem Blick auf mich herab und ich weiß nicht, wie ich reagieren soll. Ich bin keine Anwältin, ich weiß nicht, was man in einer solchen Situation tut. Wer hat das Recht, hier zu sein? Wer hat es nicht?

Ich sehe den Mann mit zitternder Unterlippe an und bin völlig überfordert. Ich habe keine Ahnung, wie ich hierauf reagieren soll. Natürlich habe ich seine wundersame Befreiung in den Medien verfolgt – das halbe Internet war voll damit -, aber ich habe nicht daran gedacht, dass er zurückfordern könnte, was ihm gehört hat.

»Hören Sie, ich weiß nicht, was wir jetzt tun können. Ich kann Ihnen nur sagen, dass ich dies alles hier gekauft habe, und zwar ganz legitim.«

Er verzieht das Gesicht, dabei zieht er seine rechte Augenbraue so hoch, dass die Narbe direkt darüber jetzt einen noch steileren Bogen um seine Braue herum nimmt, als sie es vorher getan hat. »Das ist mein Zuhause. Ich habe die letzten fünf Jahre in der Hölle verbracht und ich will jetzt nur nach Hause.«

Ich schlucke, weil ich ihn gut verstehen kann, aber ich bin auch ratlos. Sollte ich vielleicht George dazu holen? Liam tut mir leid und er sieht müde aus. Und ich möchte mir nicht annähernd vorstellen, was er durchgemacht hat während seiner Gefangenschaft. Er müsste im Alter meines Ex-Ehemanns sein, von ihm weiß ich, dass Liam und er mal Freunde waren. Er hat oft von ihm gesprochen. Schon auf dem College, als wir uns kennengelernt haben.

»Lassen Sie uns drinnen weiterreden«, schlage ich vor, trete zur Seite und lasse ihn in mein Haus. Ob das eine gute Entschcidung ist, darüber möchte ich gar nicht nachdenken. Aber aus irgendeinem Grund, der mir absolut nicht bekannt ist, vertraue ich ihm. Obwohl ich es wahrscheinlich nicht tun sollte, denn Marks Freunde sind alle gleich. Und wenn Liam einmal sein Freund war, dann sollte ich eigentlich genau wissen, dass das hier nur ein Fehler sein kann. Aber er tut mir leid und ich kann ihn unmöglich da draußen stehenlassen. Dieser Mann hat eine Menge schlimme Dinge durchmachen müssen. Wahrscheinlich schlimmer, als sich jemand wie ich vorstellen kann.

Er sieht sich kurz um, tätschelt Trixies Kopf und folgt mir mit ihr dann in die Küche. Hier draußen ist die Küche der Raum, in dem sich das halbe Leben abspielt. Die Menschen hier verbringen viel Zeit und viele Gespräche in der Küche. Ich komme aus Jamestown, wo man seine Gäste zumeist ins Wohnzimmer führt, aber in den zwei Jahren, die die Ehe mit Mark angedauert hat, habe ich manche Eigenheiten des Lebens auf dem Land übernommen. Außerdem ist diese Küche auch mein wichtigster Arbeitsplatz. Hier lasse ich meiner Kreativität freien Lauf und versuche alte ländliche Rezepte wiederaufleben zu lassen, um sie dann auf meinen Blog zu stellen oder als Buch zu veröffentlichen.

»Sie haben alles gelassen, wie es war«, stellt er fest, lehnt seinen Seesack gegen einen der hellgelben Küchenschränke und setzt sich an den Tisch. Er wirft meiner teuren Kamera einen neugierigen Blick zu. Sie steht auf ihrem Stativ in einer Ecke und wartet darauf, dass ich mit ihr Fotos von meinen Kreationen mache.

»Ja, habe ich«, antworte ich nervös. Die Küche ist nicht besonders groß, aber mit diesem Mann in ihrer Mitte wirkt sie noch viel kleiner, was nicht nur an seinen gut 1,80 Metern, den breiten Schultern und den vielen Muskeln liegt, es liegt auch an dem, was er erlebt hat. Es geistert jede Sekunde durch meinen Kopf. Vor mir sitzt ein Mann, der wahrscheinlich die schlimmsten Jahre hinter sich gebracht hat, die man sich vorstellen kann. Und das schüchtert mich ein. »Möchten Sie etwas trinken?«

»Kaffee«, sagt er knapp, verschränkt die Finger auf dem Tisch und sieht mich abwartend an. »Es tut mir leid, dass ich hier so einfalle, aber dass die Ranch verkauft wurde, habe ich vorhin erst erfahren. Ich hab keine Ahnung, was ich jetzt tun soll. Wenn ich ehrlich zu Ihnen sein soll, dass es das hier gibt, dass die Ranch auf mich wartet, war der Grund, der mich überleben ließ.«

Ich zucke innerlich zusammen, wende mich bestürzt von ihm ab und gebe Wasser und Kaffeepulver in die Maschine. Diese Ranch ist sein Zuhause, natürlich wird er sich all die Zeit, die er weg war, nach diesem Zuhause gesehnt haben, sich an der Hoffnung, es eines Tages wiederzusehen, festgehalten haben. Wahrscheinlich kann ich mir nicht annähernd vorstellen, wie es für ihn sein muss, zu wissen, dass er dieses Zuhause verloren hat.

»Das tut mir leid. Wirklich, aber jetzt ist sie mein Zuhause und ich habe auch nichts anderes als diese Ranch.«

Er seufzt. »Ich weiß nur nicht wohin.«

Liam wirft mir einen so traurigen, erschöpften Blick zu, dass es mich innerlich zerbrechen lässt. Da steht dieser Mann vor meiner Tür, ein Soldat, der einen Albtraum durchlebt hat und nur nach Hause will und dann feststellt, dass sein Albtraum noch kein Ende gefunden hat. Was soll ich nur tun? Ich stelle ihm eine Tasse mit

Kaffee auf den Tisch, schenke auch mir eine ein. Was macht es schon, dass es schon viel zu spät für Kaffee ist, ich werde ohnehin nicht schlafen können.

»Sie können heute Nacht erstmal bleiben und dann sehen wir weiter«, schlage ich vor.

»Danke, aber ich denke, das ist keine gute Idee.« Er legt seine großen rau aussehenden Hände um die Tasse und mustert mich traurig. »Das Angebot ist nett, aber ich kann es nicht annehmen.«

Und wahrscheinlich ist es gut so, dass er es nicht annehmen will, aber mein schlechtes Gewissen plagt mich. Ich kann ihn unmöglich vor die Tür setzen. Auf der anderen Seite dieses Flurs gibt es ein Zimmer und dieses Zimmer gehört ihm. Seine Sachen hängen in den Schränken, weil ich noch keine Zeit hatte, sie auszuräumen. Wenn ich ehrlich bin, hatte ich einfach nicht den Mut dazu, weil ich Rose so sehr geliebt habe wie meine eigene Großmutter und sie es nicht übers Herz gebracht hat, die Sachen wegzuwerfen. Sie hat immer fest daran geglaubt, dass Liam eines Tages nach Hause zurückkehren würde. Und das hat er jetzt getan. Nur leider hat die arme Rose es nicht mehr erleben dürfen.

»Sie bleiben«, sage ich knapp. »Ihre Sachen sind alle noch da. Es ist Ihr Zimmer.«

Er sieht mich erstaunt an. Diese strahlend himmelblauen Augen, das dunkle glatte, etwas zu lange Haar und sein Bartschatten machen aus ihm einen sehr attraktiven Mann mit einem markanten, scharf geschnittenen

Kiefer, einem Grübchen im Kinn und vollen Lippen. Lippen, die er jetzt zu einem harten Strich zusammenpresst. Aber man sieht ihm auch an, dass er viel erleiden musste. Seine Augen haben tiefe Ringe, seine Wangen sind etwas eingefallen und um seine Augenwinkel herum haben sich tiefe Falten gegraben, die ihn älter aussehen lassen, als er sein dürfte, wenn er wirklich mit Mark in einer Jahrgangsstufe war.

»Es ist alles noch da?«, fragt er fassungslos und das Blau seiner Augen verschwimmt, als sich Tränen in ihnen sammeln.

Ich nicke und lege eine Hand auf seine. »Trinken Sie Ihren Kaffee und bleiben Sie. George wird sich bestimmt freuen.«

»George«, sagt er lächelnd, jetzt bebt seine Unterlippe und seine Finger zittern unter meinen. Mich packt eine so heftige Welle Mitleid, dass ich gegen die Tränen an schlucken muss, die in meine Augen schießen wollen.

Ich kann mir vorstellen, dass es sich in seiner Brust eng anfühlt, nach so langer Zeit nach Hause zurückzukehren. Nach allem, was er durchgemacht hat. Wahrscheinlich kann ich mir nicht annähernd vorstellen, wie schlimm die letzten fünf Jahre in Gefangenschaft von Terroristen für ihn gewesen sein mussten. Die Nachrichten im Internet waren voll von seiner wundersamen Heimkehr. Ein erschöpfter Mann, mit zu langen, strähnigen Haaren, einem dichten Vollbart und müdem Blick. Obwohl sein Bart verschwunden ist, seine Haare geschnitten sind und er nicht mehr ganz so erschöpft wirkt, kann ich in seinen Augen noch immer den Schmerz sehen, den auch die vielen Fotos von ihm gezeigt haben.

»Ja, er ist auch noch hier«, sage ich und versuche mich an einem aufmunternden Lächeln. Jede Faser meines Körpers will diesem Mann so viel Trost spenden, wie man nur spenden kann. »Ich weiß nicht, ob er schon immer so schlecht gelaunt war, wie er es jetzt ist. Aber es gibt ihn noch«, erkläre ich und hole zitternd Luft.

Liam sieht mich musternd an, dann zupft ein Lächeln um seine Mundwinkel. »George war schon immer so. Besonders wenn Großmutters Äpfel geerntet werden mussten.«

»Mittlerweile ernten wir nur noch, was wir für uns brauchen. Das gilt auch für die Kirschen und Beeren. Ich hab einen Teil der Farm verkauft. Es gibt hier nur noch George und mich.«

Liam nickt nachdenklich. »Ich hab davon gehört. Wahrscheinlich ist es das Beste für Sie und George gewesen.«

Ich lache. »Ist es, sonst hätte George mir wohl den Kopf vom Hals gerissen. Rose hat ihre Rinder schon vor einigen Jahren verkauft.«

»Kannten Sie sie?«

»Sie war meine Freundin. Wir haben uns gegenseitig gebraucht, das hat uns verbunden.«

Liam trinkt seinen Kaffee, dann sieht er sich in der

Küche um. »Es rieht noch immer so, als hätte sie eben erst gekocht. Warum hat sie Sie gebraucht?«

Ich sehe mich nervös um. »Ich habe vorhin gekocht. Es ist noch etwas da, wenn Sie möchten.«

»Nein, ich bin nur müde. Danke.« Er schüttelt den Kopf. »Warum hat Rose Sie gebraucht? Ging es ihr schlecht?«, fragt er besorgt.

Mein Herz zieht sich etwas zusammen, eigentlich möchte ich ihm nichts erzählen, was ihm das alles hier noch schwerer macht. Aber ich kann ihn auch unmöglich belügen. »Sie hat Sie vermisst und jeden Tag damit verbracht, auf Sie zu warten. Es gab nicht einen Tag, an dem sie nicht fest daran geglaubt hat, dass Sie noch am Leben sind.«

»Woran ist sie gestorben?«

»Reden wir ein anderes Mal darüber«, sage ich, viel weniger aus Mitleid für ihn, als aus Mitleid für mich, denn ich werde nicht gern an die schwersten Monate in meinem Leben erinnert.

»Reden wir jetzt darüber«, fordert er mit hartem Blick.

»Sie hatte Krebs«, presse ich nach einem tiefen Atemzug heraus, den ich brauche, um die Kraft dafür aufzubringen, auszusprechen, was mir noch immer wehtut.

Liam schluckt, weicht meinem Blick aus, dann presst er die Lippen fest aufeinander und atmet hörbar tief ein. »Sie wollte immer hier auf der Farm sterben und begraben werden. Neben Großvater.«

»Das ist sie. Ich hab sie gepflegt, sie ist hier eingeschlafen.«

»Danke«, sagt er mit gesenktem Blick. »Ich hätte hier sein müssen.«

Ich schnappe nach Luft und lege eine Hand auf seine. »Das ist nicht Ihre Schuld.«

»Ist es, sie wollte nicht, dass ich gehe, aber ich bin trotzdem gegangen.« Sein Gesichtsausdruck ist hart, als er das sagt, gleichzeitig sieht er verschämt weg.

Ich sollte etwas sagen, um ihm die Schuldgefühle zu nehmen, die fast spürbar in der Luft knistern. Aber was soll ich sage? Mir fällt nichts Passendes ein. In solchen Dingen bin ich nicht gut. Ich weiß, wie man Apfelkuchen backt, wie man eine gute Marmelade hinbekommt und ein noch besseres Gumbo. Aber ich weiß nicht, wie man in solchen Augenblicken die richtigen Worte findet. Das wusste ich noch nie. »Sie war immer stolz auf Sie und hat nur gut über Sie geredet. Für sie waren Sie ein Held.«

Liam stößt ein abfälliges Lachen aus, dann schüttelt er den Kopf. »Sie hat es gehasst, als ich gegangen bin.«

»Weil sie Angst hatte, aber sie war stolz«, versuche ich es weiter.

Liam sieht mich an, sein Blick ruht auf meinem Gesicht, als suche er darin nach dem Beweis für eine Lüge, aber den gibt es nicht, weil Rose immer voller Stolz von ihrem Enkel gesprochen hat. »Mein Zimmer?«, will er wissen. »Ich kann auch im Wohnzimmer schlafen.«

»Das müssen Sie nicht, es ist alles noch da.«

Liam

»Zieh deinen verdammten Schädel ein«, donnert die Stimme von Sgt. Becks durch die Dunkelheit. Es ist ein Wunder, dass ich überhaupt verstehe, was er brüllt. Überall um uns herum schlagen Granaten ein, fliegen Geschosse durch die Luft, erklingen Gewehrsalven.

Das hier ist ein Hinterhalt, Al-Quaida hat uns erwartet und dem Sergeant ist längst klar, dass wir hier nicht mehr rauskommen. Der CH-47 Chinook Hubschrauber hat uns mitten in einem Wespennest abgesetzt und ist dann unter dem Beschuss der Gegner nicht weit von unserer jetzigen Position runtergegangen.

Ich lehne mich gegen den Felsen in meinem Rücken und sehe rüber zu Charles, der mich mit dem Wissen im Gesicht ansieht, dass wir hier sterben werden. Wir werden definitiv nicht den Takur Ghar sichern, um einen Posten auf dem Gipfel errichten zu können. Eine Kugel schlägt neben meinem Schuh in den Boden ein und wirbelt Dreck auf. Ich ziehe meinen Fuß weg und drücke mich noch fester gegen den Felsen, der nicht groß genug ist, um Charlie und mich zu verstecken.

Ich schiebe das Nachtsichtgerät von meiner Stirn zurück auf meine Nase und sehe mich nach dem Rest der Truppe um. Der Sgt. liegt hinter der kleinen Anhöhe hinter uns zusammen mit Tom. Davis versteckt sich rechts von uns hinter einem einzelnen Baum. Die anderen kann ich nicht sehen, nur Henson, der direkt links von uns liegt in seinem eigenen Blut, mehrere Kugeln haben seinen Körper zerfetzt. John ist auch tot, aber ich kann ihn nicht entdecken, er liegt irgendwo ein paar Meter rechts von uns. Von dort hat Black vor wenigen Minuten gemeldet, dass John tot ist und er allein im Schatten eines Felsens liegt. Und Miller liegt direkt vor uns, wenn ich den Kopf über den Felsen hebe, kann ich ihn sehen. Er wurde in die Brust getroffen. Wenn es ruhig wird, kann ich ihn stöhnen hören.

Er liegt da und wartet, dass wir ihn retten, ihn in Deckung ziehen. Aber die Terroristen warten auch. Darauf, dass wir versuchen, ihn zu retten. Deswegen knallen sie ihn nicht ab, weil sie darauf warten, dass wir das Ächzen und Stöhnen unseres Kammeraden nicht mehr ertragen können. Das Flehen, ihn zu retten. Sie warten darauf, dass wir hervorkriechen, damit sie uns umbringen können. Sie verstecken sich um uns herum in Gräben, hinter Felsen und Bäumen, oben auf der Anhöhe. Sie sind einfach überall.

Ich stoße verzweifelt die Luft aus und schließe wie betäubt die Augen. Es gibt keinen Ausweg. Nicht für jeden von uns. Vielleicht ein paar, aber wir lassen keinen Mann zurück. Das ist unsere wichtigste Regel. Das Seal 6 lässt niemals jemanden zurück. Wir müssen versuchen, Miller zu retten.

»Charlie, hast du noch eine Granate?«, frage ich leise.

»Eine«, antwortet er in die plötzliche Stille. Jetzt ist nur noch das Keuchen von Miller zu hören. Sie lauern.

»Siehst du den Felsen dort drüben?«, frage ich Charlie. »Wirf die Granate in diese Richtung, ich renne dort rüber, dann werden sie das Feuer auf mich eröffnen und du kannst Miller hinter den Felsen hier ziehen.«

»Sie werden dich erwischen.«

»Werden sie nicht. Und wenn doch, wir sterben hier sowieso alle. Aber wir können Miller dort nicht liegenlassen.«

Ich sehe in die Richtung, in der der Sergeant liegt. Er wird stinksauer sein. »Bereit?«

Charlie zieht den Sicherungsstift der Granate heraus und nickt. Ich gehe in die Hocke, Charlie wirft die Granate und ich renne in die entgegengesetzte Richtung. Schüsse pfeifen an mir vorbei, schlagen vor meinen Füßen in den Boden ein. Die Gewehrsalven zerreißen die Stille der Nacht schlimmer noch als das Donnern eines Sommergewitters. Sogar noch schlimmer als eine Silvesternacht auf dem Times Square in New York. Ein heftiger Schmerz zerreißt meinen Oberschenkel, ich knicke ein, stolpere, rapple mich auf, dann brennt meine Brust.

Ich schreie auf, gehe auf alle Vier runter, rasender Schmerz schießt durch meinen Körper, ich breche zusammen, bleibe liegen und schreie auf, als ich ein drittes Mal getroffen werde. Ich schmecke Blut und Dreck. Jemand ruft meinen Namen. Ich soll mich beruhigen. Als ich die Augen öffne, blendet mich helles Licht, etwas berührt meine Schulter, ich schlage um mich, richte mich ruckartig auf und erstarre.

Das hier ist nicht Takur Ghar und auch nicht das Al-Qaida-Camp in der Nähe von Tora Bora.

»Verdammt«, stöhne ich auf und sehe mich verwirrt um. Das hier ist mein Zimmer und die Frau, die dort auf dem Boden liegt und mich aus schreckgeweiteten Augen mit einem blutenden Riss auf der Wange ansieht, ist Tessa Carmichael. »Verdammt!«, fluche ich noch heftiger. Ich springe auf und knie mich neben sie. Sie hat eine Hand an ihre Wange gehoben und ihre Finger schweben über der Wunde. »Es tut mir leid«, sage ich und sehe sie erschrocken an. Ich kann nicht fassen, dass ich ihr das angetan habe.

»Sie haben geschrien, ich wollte nur nachsehen, ob alles in Ordnung ist.«

Ich untersuche ihren Wangenknochen, aber sie schiebt meine Hand nur weg und schüttelt den Kopf.

»Das wollte ich nicht«, versichere ich ihr und fühle mich dreckig. Wie der letzte Abschaum. Ich habe eine Frau geschlagen. Noch dazu eine, die mich bei sich aufgenommen hat. Sie lässt sich ohne zu zögern von mir aufhelfen, als ich ihr die Hand reiche. Ich kann einfach nicht glauben, dass ich diese zierliche Frau verletzt habe. Mein Herz hämmert und ich möchte mich am liebsten selbst umbringen für das, was ich ihr angetan habe. »Es war ein Fehler hier zu bleiben.« Ich runzle die Stirn und sehe mich nach meiner Kleidung um. Ich sollte hier verschwinden. Schnell.

»Nein. Nein, es war mein Fehler. Ich hätte nicht in Ihr Zimmer kommen sollen.« Sie legt eine Hand auf meinen Unterarm und sieht mich mit diesem mitleidigen Blick an, den ich so hasse, weil er bedeutet, dass die Menschen wissen, dass ich im Arsch bin. Dass sie mich so ansieht, stört mich irgendwie besonders. Wahrscheinlich, weil sie sowieso schon alles hat, was mir gehört. Jetzt auch noch meine Würde, die vor ihren Füßen herumkriecht. Ich schüttle ihre Hand ab, dann packe ich sie an den Oberarmen und sehe zornig auf sie herunter.

»Tessa, das hier ist meine Schuld. Ich wusste, dass das passieren könnte. Ich verschwinde.«

»Oh nein! Du bleibst. Das ist das Mindeste, was ich tun kann. Du wirst nicht mitten in der Nacht gehen.« Damit dreht sie sich zur Tür um. »Ich hab schon Schlimmeres erlebt als diesen kleinen Hieb. Das war gar nichts.«

Mein Herz stolpert. »Was heißt Schlimmeres?«, frage ich und verspüre plötzlich eine Wut, die ich nicht empfinden sollte. Aber bei dem, was sie gesagt hat, spielen sich Bilder in meinem Kopf ab, die mich rot sehen lassen.

Sie sieht über die Schulter zu mir zurück und lächelt müde. »Geh wieder schlafen!«

Damit lässt sie mich stehen. Mit einer Menge Fragen, die plötzlich in meinem Kopf sind und verwirrenden Gefühlen. Meine Hände zittern und jeder Muskel scheint zu schmerzen in meinem Körper. Wieder nach Hause zu kommen hatte ich mir anders vorgestellt. Und ich weiß nicht, was ich tun soll. Mein Herz rast noch immer und ich spüre, wie sich das Adrenalin durch meine Venen brennt. Ich werfe einen Blick auf das Bett neben mir, in dem ich schon so lange ich denken kann, geschlafen habe. Es hat sich gut angefühlt, wieder darin zu liegen. Eigentlich will ich es nicht aufgeben, aber es wäre auch nicht richtig, Tessa weiter in Gefahr zu bringen.

»Ich schließe ab«, rufe ich ihr hinterher, gehe auf die Zimmertür zu und greife nach dem Schlüssel, der im Schloss steckt.

»Mach das!«